書下ろし

悪女刑事 嫉妬の報酬

沢里裕二

祥伝社文庫

目次

第一章　哀しみは雪のように

1

　黒須路子（くろすみちこ）は有名ブライダルデザイナーのショールームである城壁のようなビルの前に立っていた。

　ショーウインドーに新作らしいウエディングドレスが並んでいたが、路子は背中を向けていた。無縁のことだ。

　通りを挟んだ向こう側には、国民的男性アイドルを多数生み出している大手芸能事務所の巨大ビルが見える。元は大手レコード会社の本社だったはずだが、この地には、そうしたドリームメーカーたちが集まる磁場（じば）があるのだろうか。

　乃木坂（のぎざか）という地名をそのまま芸名にした女性ユニットもあるぐらいだから、きっとそうなのだろう。

そんなことを考えながら、路子は空を見上げた。

現実の空はどんよりしていた。しかも二月の空気は冷えている。零度を切っている体感だった。

冷えた左右の耳を、そっと両手で押さえようとした。

瞬間、耳殻に埋めたイヤホンから擦過音がする。

続けて甲高い声が飛び込んできた。

「たったいま平尾啓次郎が、南青山の自宅からストレッチャーに乗せられ、救急隊員に運び出されました。赤坂の杠葉総合病院に向かう様子です」

張り込み中の捜査二課の辻村晃の声だ。三期下だ。

「やっぱりその手で来たわね。杠葉総合病院に間違いない?」

窮地に陥った政治家が逃げ込む先は病院と決まっている。

「はい、平尾の秘書が救急隊員にそう叫ぶのを、はっきり聞きましたから」

「了解。いまから向かうわ」

路子は、マイクに向かって言った。吐息が白く染まっている。

「そちらの富沢部長が言っていたジョーカーを連れて来てくれますね」

辻村の声が、ほんの少し上擦った。

「本人はジョーカーではなくキングを自称しているけど。では現地で合流を」

早々に会話を切り上げた。寒い。

極道に借りを作る仕事だ。捜査二課への協力とはいえ、気の進まない任務だった。

腕時計を見やると、午前九時を少し回ったところだった。

六本木方面を向いて、片手を上げた。

路子の脇に、黒のメルセデスが滑り込んできた。S450セダンだ。

「わざわざ、申し訳ありません」

後部ドアを開き、路子は深々とお辞儀をした。

「なあに。顔を貸すぐらい、お安い御用だ。こんな老いぼれの面でいいなら、好きに使ってくれよ」

後部席にすっぽり身体を埋めた小柄な老人が、頬を撫でて見せた。

マスクが大きすぎて顔が半分しか見えないが、目元は穏やかで機嫌はよさそうだった。

この男こそ、任侠界の東の雄、関東泰明会の会長、金田潤造、その人だ。

路子は銀鼠色の着物に茶色のマフラーを締めた金田の隣に乗り込んだ。車内は、十分すぎるほどに温められている。三十度はあるのではないか。外気との寒暖差でのぼせてしまいそうだ。

「恐縮です。これは私のほうの借りということで、帳簿に付けていただいて結構です。若頭、南青山の平尾邸ではなく赤坂見附へお願いします」

助手席に座る直参傍見組組長であり、関東泰明会筆頭若頭である傍見文昭に伝えた。

「承知しました」

傍見が、低い声で答え、運転手に顎をしゃくった。

相変わらず精悍な横顔だ。ルームミラー越しに金田と路子の様子を窺う眼光も鋭い。

刑事と極道という関係を超えて、路子のほうから告白したい男だ。

金田と傍見は任俠上の親子だ。ということは、もしも傍見と籍を入れたら、路子自体も金田の義理の娘ということになる。

ふとそんな妄想を抱いて、路子はおかしくなった。将来関東泰明会の跡目を継ぐことが確実な傍見は、独り身で通すことを公言している。路子と結ばれることなどありえないのだ。

まるで中学生のような妄想だった。

「会長。平尾啓次郎とは、長いこと面会していないとか？」

路子は、現実に戻り、声を潜めて訊いた。

「なんだって?」

金田が、耳を近づけてくる。そうでなくとも耳が遠くなっているのに、新型コロナウイルスによるマスク越しの会話では、余計に聞きとれないようだ。

路子は、声を張り上げて繰り返した。

「三十三年ぶりさ。最後に会ったのも雪の日だ。まぁお互い四十代で、脂が乗っていた頃のことだ。昔は、政治家とも普通に飯を食っていたものだが、いろいろと法律が出来てな。まさか刑事の仲介で会うことになるとはな」

金田が、そこで大きな欠伸をした。午前五時の起床が習慣になっている金田にとって、いま時分は、ちょうど眠気が戻る時刻だろうが、本当のところはわからない。決して堅気に素顔を見せないのが極道だ。

「最後に会ったときは、どんな会話を?」

路子は無遠慮に直球を投げてみた。それを聞くのが約束違反なのは知っている。

「わしが回収してやった金の取り分の確認だ。わしらの回収作業は五割が相場だ。時効だろう」

メルセデスは新青山ビルと赤坂郵便局の間の信号を右折し、赤坂御所の脇を永田町に向かった。

「時効です。ただ……私の祖父も絡んでいたらしい『H資金』というのが気になりまして。あくまでも個人の立場で」

路子は脚を組み直した。H資金……そう呼ばれる金が絡んでいる。

今朝は、ジャケットの下の革帯に、警棒、手錠、拳銃の刑事三点セットも差し込んできている。いかに大型メルセデスの後部席とはいえ、やや窮屈だった。

「路っちゃん。あんたが、わしを捜査の小道具に使うことには協力するが、金の内容となると話は別だ。わしらは、墓場まで持ってかなきゃならん話をいくつも抱えておる。たとえ、頭に拳銃を突きつけられてもな」

金田が目を閉じたまま、寝言のように言う。

助手席の傍見がいきなり振り返った。

「姐さん、それを聞くのは、あっしとの約束も破ることになりますよ。おいっ、車を停めろ」

運転手が急ブレーキを踏んだ。メルセデスのタイヤが軋み音を立てる。豊川稲荷の塀の前だった。白い空に、色とりどりの幟が翻っていた。

「調子に乗りました。ごめんなさい」

路子は肩を竦めてみせた。

そもそも捜査二課の選挙違反事案などに首を突っ込むことになったのは、単に上司の富沢誠一の顔を立てるためだけのことだ。

金田との関係が壊れては元も子もない。

任務は極道の金田を元衆議院議員の平尾に会わせるだけ。

それだけのことだ。

平尾が勝手に動揺し、襤褸を出してくれたらいい。その先は二課の仕事だ。

2

「折り入って頼みがある」

警視庁八階にある組織犯罪対策部の部長室に続く会議室で、部長の富沢誠一にそう言われたのは、二週間前のことだ。

濃緑色の絨毯と木製の円形テーブルが置かれた十畳ほどの部屋だ。

壁際に置かれた液晶モニターからは、ヨーロッパの田園や古城などの景色が流されている。BGMはモーツァルト。相変わらずの貴族趣味だ。組対部長なら『仁義なき戦い』か『アウトレイジ』あたりを流して、常に緊張感を保って欲しいものだ。

路子が入室するなり、富沢は立ち上がり、皇居側の窓を十センチほど開けた。換気に神経質になっているようだ。

「いかほど融通しましょう？　利息はキャリア割引きを適用して年利十五パーセント。リーズナブルかと」

路子は、円形テーブルに腰を下ろすなり、笑顔で答えた。

所轄時代から警視庁内で金貸しのようなことをやっている。同僚や上司に融資をしては、利息を巻き上げているのだ。単に、利息を稼ぐだけではなく、それによって、上司や同僚の弱みを握り、自分勝手な捜査に協力させているのだ。

一方で路子は、この融資は慈善事業とも考えていた。

警察官は、住宅ローン以外の借入金はしづらい職業だ。借金は不正の温床と考える人事課監察室が、目を光らせているからだ。

しかも警察という組織をもってすれば、職員の口座内容など、いとも簡単にチェック出来る。表立って「そういう行為は致しておりません」と言っているだけだ。

したがって刑事も警察官も職員もクレジットカードのキャッシングを使用することまでためらってしまう。

とはいえ、警察官も人の子だ。

合法賭博である競馬や競艇、競輪をやるものも多いし、パチンコ好きもざらにいる。

恋愛中の警察官なら、なにかと物入りになるのも当然だ。

路子はそんな連中に、十万単位で内密に貸し付けている。現金なので、記録は残らない。

通称『黒須サポート』。

所轄勤務時代からそう呼ばれていたが、警視庁（ホンテン）に転属してからは、その範囲はキャリアにまで拡大している。キャリアはキャリアで、出世のために金を使いたがる。

「ズバリ言ってください。五百万円までは、即日融資です」

もう一度訊いた。

「いや、そういうことではない」

富沢が照れ笑いをした。

「それでは、私に何をしてくれと？」

「捜査二課（ソウニ）の援護射撃に協力して欲しい」

モーツァルトの音が微（かす）かに揺れるような錯覚を得た。

「援護射撃？　それはまた、どういうことで？」

訊（き）き直すと、富沢は決まり悪そうに視線を逸らした。職質を掛けられた薬物所持者のような挙動不審な表情だ。

なるほど。路子は胸底で呟いた。要するに『他部署に恩を着せ、手柄をあげたい』ということらしい。

「頼む。しかも内密に、だ」

富沢が再び頭を下げた。今度は深々と、だ。

相当、出世を焦っている。そう直感した。これは付け目だ。

「金銭以外でも、私に、個人的な頼み事をすると、それなりに金額が発生することは、ご存知のはずですが」

軽くウインクしてやる。人の弱みに付け込むほど楽しいことはない。

「もちろん承知の上だ」

「高くつきますよ」

路子は、トートバッグから透明な袋を取り出した。丸粒風船ガムが入っている袋だ。色とりどりのガムが入っている。

無造作に振って一粒取り出す。

藍色の風船ガムだった。色の中では数が少ないやつだ。縁起がいい。

天井に向けて放り上げて、口を開いた。舌の上にストンと落ちてくる。ジャスト・キャッチだ。

「覚悟している」

富沢が、腕を組み背もたれに身体を預けた。腹を括っている様子だ。それだけ、大きな手柄になるらしい。

「わかりました。それでは、ご依頼とやらをお聞かせください。こちらの条件は、内容次第で考えます」

堂々とそう言い放つ。

富沢は軽く頷くと、

「半年前に、公職選挙法違反で逮捕された広田秀隆と光恵の件だ。知っているな」

と、唐突に切り出してきた。

「もちろん知っています」

二課の事案とは、詐欺犯ではなく選挙違反らしい。

昨年七月、衆議院議員広田秀隆の妻であり、当時は地元の私立大学の文学部准教授だった光恵が、参議院選に立候補したのだ。

現職も出馬を決めていることから、地元と党本部はもめた。

接戦の末、現職の山下純二議員を破って当選したのは広田光恵だった。ただし、その後、多額の現金買収が発覚して逮捕されたわけだ。

首謀者は夫の広田秀隆とされており、バラまき先は、選挙区の市議や県議が中心。総額二千五百万円まで確認されているが、この先、さらに買収額が膨らむ可能性がある。現在、東京地裁で係争中だ。

「あまりにもあからさますぎるので、笑いたくなるぐらいですね。ですが、この件、もう裁判所の管轄じゃないですか。再度の証拠固めをするにしても、検察の仕事では？」

路子は風船を膨らませた。もはや警視庁の出る幕ではないのではないか。

「黒須、目の前で、ガムを膨らませるのはやめてくれないか。どうも小バカにされているようで、気分が悪い」

「小バカにしているんです」

ぷぅ～と、最大限まで膨らませてやると、富沢が顔を顰め、横を向いた。気の小さい男だ。たかが風船ガムが破裂するのが、そんなに怖いのか？

破裂する直前で、すっと萎ませる。

「おまえなぁ」

顰め面を緩めた富沢が、口を尖らせた。

「話を続けてください」

交渉事は、振り回すのと振り回されるのでは、天と地ほどの差がつく。上司との打ち合わせも取引だ。自分のほうが優位であるのを見せつけることが大事だ。

「二課が、金の出所を見つけた」

富沢がミネラルウォーターのキャップを回しながら言う。

「見つけたもなにも民自党は、広田光恵に関しては、一億五千万の選挙資金を出したと、最初から認めているじゃないですか」

路子は、腕を組んだ。

民自党の各候補者への選挙資金提供は、通常その十分の一の千五百万程度だ。事実、現職候補である山下純二には、千五百万しか支給されていない。

だが、いくらに設定しようが、それは党本部の勝手だろう。

依怙贔屓はどんな社会にもある。

路子はそう思っている。

「幹事長の渡邊裕二が、その額を決めたと言っているが、いかに幹事長でも、一人で決められることじゃない」

富沢が虚空を睨んだ。

「当時の総裁、つまり佐竹重義前総理の決裁があってのことなのでしょう」

路子は、風船を、今度は小さく膨らませた。二度、三度、膨らませたり、萎ませたりを繰り返す。より小バカにする感が出たようで、富沢が片眉を吊り上げた。

「佐竹総裁が決裁印を押したのは事実だが、総裁の立場で追認したにすぎないというのが、二課の見方だ」

「そりゃ、総裁だって、いちいち民自党の金庫にいくらの現金が入っているのかなんて確認しているわけじゃないでしょうね。渡邊幹事長が、寺林義明現総理の想いに忖度したんじゃないんですか?」

民自党内でもリベラルな立場をとる現職の参議院議員山下純二は、かねがね新保守を標榜する前総理には、批判的であった。

広田光恵の担ぎ出しには、山下の落選を狙う、前総理の魂胆があったのではないかと噂されていた。

「渡邊幹事長が、忖度したのは事実さ。だがその幹事長も、一億五千万もの金を一気に注ぎ込むのはためらったはずだ。民自党同士の潰し合いだ。負けたら、一介の新人候補に大金を注ぎ込んだ責任を追及されるに決まっている。もしも山下のほうが勝っていたら、逆襲もされる」

「現職が優位なのは当然ですから、確かにビビるのもわかります」

「結果的に、広田光恵が勝ったから、民自党の金庫から出したと言い切っているんだ」

「あからさまな依怙贔屓が露呈してしまうのに、よくそう言い切りましたね」

「そこなんだよ」

と富沢はいったん言葉を切った。

路子は、そこは疑問だった。

「幹事長の本音としては、そんな依怙贔屓はしていないとシラを切りたいところだったが、そうもいかず、逆に党本部から出したと言い張っているようにも見える」

富沢が曖昧な言い方をした。

「つまり、その資金、本当は党の正式なお金じゃなかった……と」

路子は先回りした。

「まだ何とも言えんが、正式な金なら、広田光恵に対して、使い方をもっと厳しく指示したことだろうよ。あんな無茶なバラまきはありえない」

広田夫妻のバラまき方は、単純で、市議や県議の選挙事務所に『陣中見舞い』『当選祝い』と称して現金を配布するものだった。しかもその際『次の参院選はよろしく』との言葉を添えている。いかにも野放図で、党の指南役がいたとは思えない。

「では、一億五千万もの選挙資金はどこから出て来たのでしょう？」

そう訊くと、富沢は口の端を上げて、液晶モニターのリモコンを手に取った。

「捜査二課が、民自党の金庫以外に、溜まりらしき口座をいくつか発見したが、いずれもこの人物が絡んでいた」

富沢がリモコンのスイッチを押した。

五十インチの液晶モニターからロンドン郊外の風景が消えて、数点の写真が浮かぶ。いまは引退している政治家の顔写真やスナップ写真だ。

「平尾啓次郎。元総務大臣ですね」

「さすがは、黒須次郎氏の孫だ。古い政治家の顔もよく記憶しているな」

「祖母や母の影響です」

祖母、吉田園子は、銀座のクラブ『スイング』のオーナーであり、貿易商で戦後政財界の黒幕と謳われた黒須次郎の愛人であった。

ふたりの間に生まれたのが路子の父、一郎だ。

父は、認知されたため、黒須姓を名乗ることになった。名を一郎としたのは、花柳界に生きた祖母独特のユーモアだろう。

黒須一郎。あくまで庶子であり、本家との交流はない。

母の幸代は、かつて祖母の経営する『スイング』のナンバーワンホステスであり、政財界の多くの大物たちと懇意にしていた。

黒須次郎は路子が生まれる遥か以前にこの世の人ではなくなっていたが、路子は幼年期に、祖母や母がテレビの国会中継を見ながら、答弁する議員の夜の街での様子を語っているのを見聞きしていた。

八〇年代の政治家の顔や名前をよく覚えているのは、その記憶が深く残っているからだ。

ちなみに、父の一郎は、都内の私大を卒業後、大手旅行会社に勤務、ニューヨークとロンドンの支店長をそれぞれ十年務めたのち、七年前に定年退職した。

現在はFランク大学で、観光学の講師をしながら、母と共に悠々自適な暮らしを送っているが、祖父の知名度をいかんなく発揮して今日に至っているという感は否めない。

また祖母が残した銀座八丁目の『クロスビル』は、黒須家の最大の資産で、一階から五階までの十五店舗からあがる賃料のおかげで、親子三人、かなりなセレブめいた生活が送れている。五階が母が暇つぶしにやっているスナックで、六階が住居である。

つまり銀座八丁目のこのビルが生家であり、路子はここから泰明小学校、銀座中学、日比谷高校に通学していたのだ。大学は三田の法学部に通った。したがって、紛うことなき銀座っ子と自認している。

富沢がさらにリモコンを操作した。

平尾啓次郎の経歴が映画のエンドロールのように、画面の下から上へと流れ始めた。

【平尾啓次郎。

一九四〇年、東京市麻布区麻布生まれ。

一九六三年、東京大学法学部卒業。当時の上級国家公務員試験に合格、旧郵政省に入省。

一九八〇年、父正一郎の地盤を継いで政界進出。当選八回を重ね、民自党国会対策委員長、旧郵政大臣、総務大臣などを歴任。

二〇〇〇年衆議院選で、立共党候補に完敗し、政界を引退する。

引退後は、個人事務所を設立、主にIT産業のロビイストとして、辣腕を振るっている……】

以下、様々な所属団体の名称が続く。

「八十歳になったいまなお政界に隠然たる力を持っているようですね」

画面を眺めながら呟いた。IT産業のロビイストという項目に注目したが、あえて自分からは、質問しなかった。

「特に『満天ジャパン』の湯川孝弘会長の政界パイプ役として知られている。九七年に三森(もり)物産を退社した湯川氏が起業した当時からサポートしている」

　富沢のほうからわざわざ企業名をあげ、意味ありげに笑った。

「そうですか」

　路子はぶっきらぼうに返した。

「平尾啓次郎が、何故それほどまでの資金を調達出来ているのか、政界の謎のひとつされている。IT企業の後ろ盾になっているとはいえ、それほどの政界工作をしているとも思えんし、彼らが多額の献金しているという情報もない」

　富沢が片眉を吊り上げる。

「半グレと何か企んでいるとでも？」

　組織対策部(マルボウ)の自分が呼ばれたのはその内偵か。路子はそう思った。

「違う。平尾啓次郎は親の代から隠し資金があるとの伝説めいた話がある。民自党の幹部たちの間でひそかに語り継がれている『H資金』だ」

「はぁ。戦後の隠匿物資が原資とされる『M資金』なら聞いたことがありますが、新手の詐欺(さぎ)事案絡みですか？　平尾でH資金とは単純ですね」

　M資金もいわば都市伝説のひとつだが、戦後七十六年を経た現在(いま)でも、頻繁に融資詐欺に使われる小道具になっている。

「二課の捜査員が、別件で挙げたイベンターの脱税事案で、平尾啓次郎の父親正一郎に関する古い資料が出て来た。一九五〇年代の半ばから、さかんに闇ドルを世話をしていた様子が記録されている」

「父親の代に得た闇ドルが原資？」

胡散臭い話だが、その当時なら、いかにもあったような逸話だ。路子は突っ込んだ。

「それはどういう趣旨の闇ドルだったのかしら」

「もう少し映像資料に付き合ってくれ」

富沢が、かったるそうに首を回しながら、リモコンを再操作した。新たな画像がアップされる。

今度は、モノクロの写真。ふたりの男が並んで、カメラのほうに笑いかけている。相当古い時代の写真だ。

どこかのホテルの正面玄関のようだ。

「あっ」

と、路子は短く叫んだ。

右に立っているソフト帽の庇に人差し指を当て、照れくさそうに笑っている男は、祖父の黒須次郎ではないか。

モノクロ写真なので背広の正確な色はわからないが、そのまま灰色の上下だったのではないか。梅雨の時期にもかかわらず、きちんとネクタイを締めている。

富沢が写真の下の白枠に手書きされたメモをズームアップする。

【一九六六年、六月吉日。東京ヒルトンホテルにて】

五十五年前の写真だ。

祖父は一九〇二年生まれだ。つまりこの写真の中の祖父は、六十四歳ということだ。天に旅立ったのは、その十六年後の一九八二年。八十歳だった。

残念ながら、路子が生まれたのは、さらにその八年後、一九九〇年のことだ。

「左にいるのは、どなたでしょう？」

祖父と並んで、黒っぽい背広姿で葉巻を咥えている男がいた。祖父よりも少し若く見える。五十代といったところだろうか。

「平尾正一郎」

富沢が意味ありげに笑い、続けた。

「啓次郎の父親だ。黒須も、さすがに先代の顔までは知らないようだな」

富沢の声と共に、こちらも写真とテロップが流れ始めた。

【平尾正一郎。

一九一二年～一九九二年。享年八十。

一九三五年、東京帝国大学文学部卒。同年、東日新聞入社。文化部記者となる。

一九五二年、結成間もない民自党から衆議院選に出馬、当選。

以後、党広報委員長、自治大臣を歴任。

一九八〇年、地盤を次男の啓次郎に禅譲し政界引退。

引退後は、日本プロモーター事業者協会の顧問として、興行界の近代化に尽くす。

一九九二年、神奈川県箱根でゴルフ中に死去。心不全】

とある。

なんともタフな人生で、劇的な死に方だ。

「親子二代にわたって、その時代にマッチした事業の推進者となっていたようですね」

婉曲に言ったつもりだ。

父は八〇年代の興行界、次男は二〇〇〇年代のＩＴ業界の裏側で暗躍していたことを臭わせるプロフィールだ。

親子ともども、その時代にまだ利権が曖昧だった産業にいち早く目を付け、政界とのパイプ役を買って出たということではないか。

すると息子の啓次郎は、現在、興行界とＩＴ産業の双方の利益誘導者になっていると思われる。どちらも、背後に反社会的勢力の影がちらつく複雑な利権構造を持った業界だ。

これは奥深い話になってきそうだ。

「東日新聞の文化部記者だった正一郎氏を、政界に引っ張り出したのは、黒須次郎さんだそうだ」

富沢が路子の祖父を指さして言う。

いよいよ核心のようだ。

一九五二年頃の祖父は、アメリカの対日工作機関と日本政府の連絡員となって暗躍していたと聞かされている。いわゆるジャパンロビーの日本側のメンバーのひとりだったとされる文献もあるが、生前の祖母は、その辺のことは固く口を閉ざしていた。

「私は祖父について何も知らないですよ。そもそも、孫と言っても直系ではありませんし」

路子は憮然として答えながら、もう一度、祖父と平尾の並ぶ写真を眺めた。

一九六六年六月吉日の東京ヒルトンホテル……ふたりは何故、こんな場所で写真に収まっているのだろうか。

これもH資金に絡んでのことか。

「ヒルトンって、西新宿ですよね？」

疑問を口にした。

「いや当時のヒルトンは永田町にあった。現在のキャピトルホテル東急が、かつてはヒルトンだった。この写真は、建て替えられる以前のものだ」

「なるほど、それなら理解出来ます」

国会議事堂、議員会館の並びにあるようなホテルだ。祖父は平尾正一郎の後見人として食事でもしていたのだろう。

「もう一枚見てくれ。こっちは息子のほうだ。その横に、さらに面白い人物がいる」

富沢がリモコンを操作した。

男ふたりが、豪華なソファに並んで座っている写真があがった。キャバクラのような場所で、ふたりの背後にはホステスが五人整列していた。いずれも濃い眉のメイクで、時代の違いを感じさせる。カラーだが、いまどきのデジタルとは異なり、陰影が濃い。

「これは？」

議員バッジをつける平尾啓次郎の横に、祖父と同じ形のソフト帽を被った男が座っていた。これも見覚えがある顔だが、すぐには思い出せない。周囲を美人ホステスが囲んでいる。

「黒須が懇意にしている爺さんの若い頃だ」

富沢の低い声に、路子の心臓はざわついた。

「金田潤造ですか？」

路子は写真を凝視した。

「その通りだ。おそらく四十年ぐらい前に撮影されたものだろう。そのナイトクラブ『シーザー・イン・アカサカ』は、ヒルトンホテルの近くにあったが、一九八二年に火災で焼滅している。ふたりは当時、頻繁にそこで会っていたという証言がある」

「政治家とヤクザが平気で席を一緒に出来た時代ですね」

「その通りだ。五〇年代から九〇年代くらいまでは、政財界と極道の癒着は当たり前だった。特に『シーザー・イン・アカサカ』のようなナイトクラブは米軍将校や外国人貿易商などにも人気があったので、密貿易の商談なども盛んだったという。当時赤坂や六本木には、そんな国際的なクラブが数か所あった」

いまよりも遥かに胡散臭い時代だったはずだ。味のしなくなったガムをティッシュに吐き出した。

祖父はその渦中で暗躍した人物だ。

それにしても……。

平尾正一郎と啓次郎の政治家父子に、黒須次郎と金田潤造が深く関わっているとは、路子としては、何らかの因果を感じないわけにいかない。

金田は極道であるが、路子を孫娘のように愛でてくれている存在だ。

「概略はわかりましたが、金田会長を、私がどうこうすることは出来ません」

路子は、再び風船ガムを取り出し、口の中へと放り込んだ。嚙んだ瞬間に、顔を歪ませた。一番嫌いな、ストロベリー味。甘すぎて脳が溶けそうになる。

「金田潤造氏を陥れるようなことをする気はない。ただ……」

富沢が言葉を区切り、眉間の皺を摘んだ。

「ただ、なんでしょう?」

「平尾啓次郎が、H資金と呼ばれる何らかの裏資金をいまだに運用していると二課は見ている。だが、その溜まりは、どこにも見えない」

溜まりとは、脱税事案などで使う符牒で裏口座や現金の隠匿場所を差している。この口座が判明すると、裏資金の還流ルートを一気に解明出来るということだ。逆に言えば、この溜まりが見つからなければ、捜査は行き詰まる。

「金は明らかに動いているが、溜まりは見えない。そういうことですか」

路子は返した。

「その通りだ。相当古い時代の現金が動いているとしか考えられない。金田さんが知っている可能性は高い」

「その金が関東泰明会から流れたという根拠はあるのですか？」

路子は食って掛かるような口調になった。金田は、極道であるが、身内のようなものだ。これまでも何度か助けてもらっている。

「いや、金が流れたという証拠はない。金田さんを捜査対象にするつもりは、さらさらない。そもそも、金田さんと平尾啓次郎は、九〇年代に入ってからは、まったく会ってはいない。平尾が閣僚になった九二年の身辺調査にも金田さんの影はなかった」

おそらく二課も富沢も、内閣情報調査室(サイロ)の当時の調査記録をチェックしたのだろう。そして、ふたりを繋(つな)ぐ線は、九二年時点で、すでに皆無(かいむ)だったということだ。

「ならば、金田会長をどうしろと？」

「顔だけ貸してくれ、と頼んで欲しい」

「はい？　相手は、任侠界の大立者(おおだてもの)ですよ。いかに目をかけてもらっているとはいえ、私が『顔を貸して』なんて言えるわけないじゃないですか」

ホントは言える。たぶん承諾してくれる。だが、安請け合いはしたくなかった。風船を膨らませる。ピンクの風船をどんどん大きくしてやる。腹立ちの大きさをそのままガムの膨らみで表しているようなものだ。

「いや、黒須なら出来るだろう。ある日突然、平尾啓次郎の前に、金田さんが姿を出してくれるだけでいい。それも刑事と一緒にな」

富沢は口が渇くのか、舌で唇を舐めた。

「最低の策ですね」

ポーカーで手が出来ていないのに、レイズだけあげて、相手の降り待ちをするような手だ。

要するに平尾啓次郎が買収資金の提供者だったにしても、さらにその奥の出所までは二課も解明出来ていない。

大きな闇資金ルートを疑っているのだ。

「金田さんには、絶対に手を出さん。黒須の条件を聞かせてくれ」

路子は、もう一度大きく風船を膨らませた。

富沢の眼前で、ぱちんと弾けた。富沢が、わっ、と声を上げた。

「十億円」

金額で提示した。

「まさか」

富沢が顔を顰めた。

「個人で作れとは言いません。部長が、めでたく警察庁の局長ポストを射止めたなら、黒須機関専用の機密費十億円を捻出してください。私的流用なんてけち臭い考えはありません。すべて裏捜査に使います」

世の中、カネだ。

3

「調子に乗ってすみませんでした。謝ります。内容は詮索しません」

路子がもう一度、金田と傍見の双方に頭を下げると、メルセデスは再び動き出した。雪が本格的に降り始め、あたり一面が真っ白になった。

赤坂見附の交差点を左に曲がり外堀通りに入る。すぐに杠葉総合病院のビルが見えてきた。八階建ての赤煉瓦ビルだ。

「せっかく名門病院の前まで来たんだ、ついでに内視鏡でもやってもらおうか」

金田がビルを見上げながら言う。

「すぐにでも手配します」

路子は答えた。警視庁の上層部から連絡させたらどうにでもなる。

そのとき、鼓膜に二課の辻村の声が飛び込んで来た。

「平尾を乗せた救急車がいま見附の交差点を曲がりました。間もなく到着するかと」

「了解」

路子が答えると同時に、後方からサイレンの音が接近してくる。

「エントランスの手前に停めて、救急車が前に入るようにして」

運転手は手際よくメルセデスを停車させた。

「平尾が降ろされたら、わしの出番かね」

金田が背筋を伸ばして、ゆっくりと首を回した。目覚めたばかりの老猫のような仕草だ。おもむろにマフラーを巻いた。柄は黒地に赤の流水桜。派手だ。

「よろしくお願いします。当人はストレッチャーに乗せられていますが、たぶん詐病(さびょう)ですから、意識ははっきりしているでしょう」

「おそらくな。セリフはもう決めてあるから心配しなさんな」

フロントウインドーの真上の赤色灯を派手に点滅させた救急車が、息まくように正面エントランスの前に滑り込んだ。雪景色の中の赤色灯は、真っ赤な鮮血を連想させた。

メルセデスの前に停車した救急車の後部ハッチドアが開き、すぐにオレンジ色の制服を着た救急隊員一名が降りた。扉の前に屈み、鉄板ステップを伸ばしている。

病院側からも、男性看護師と職員が飛び出してきた。

路子は、メルセデスの後部ドアを開けた。

真夏のような車内に、冷気が一気に押し寄せる。助手席の傍見が先に出て、藍色の番傘を掲げて、後部席の脇に待機した。

「おおさぶっ」

路子に続き、歩道に降り立った金田が首を竦める。

千両役者の貫禄だ。

一六五センチしかない金田だが、雪駄を履いた立ち姿は、昭和の俠客独特の威圧感だ。

救急車の奥から、ゆっくりとストレッチャーが押されてきた。

先に降りていた救急隊員が鉄板の上で受け止め、緩い坂を慎重に引き下ろす。ストレッチャーに傾斜がついたため、仰向けに寝かされている平尾啓次郎の顔がはっきり見えた。オレンジ色の毛布に包まれた平尾は、雪空を見上げて口を真一文字に結んでいた。

血色はいい——。

少なくとも路子にはそう見えた。

平尾も、路子とその隣に立つ金田の顔を認めたようだ。細い目が、狡そうな光を放った。その顔に、雪の欠片が舞い落ちた。

「向こうも、俺の顔を覚えているようでよかった」

金田が、みずから番傘を持ち、歩道に降ろされたストレッチャーに向かって歩き出した。傍見が一歩退いた。

ビジネス街には不釣り合いな、雪駄の音が鳴り響く。路子が後に続いた。

「兄弟、どうした？　心臓でも悪くしたのか」

突然、接近してきて患者に声をかける和服の老人に救急隊員が怪訝な顔をした。路子はすかさず、金田の背後から警察手帳を提示する。救急隊員は納得したように頷き、ストレッチャーを病院の入口に向けた。

「金田……何故、ここに」

平尾が目を見開いた。怒気を含んだ双眸で、金田を睨みつけてくる。ストレッチャーを動かそうとした救急隊員を手で制した。助手席から秘書らしき黒のスーツを着た男が慌てて駆け寄ってくる。

「麴町のレストランに朝飯に行くところだが、救急車の音がしたので、脇に寄せていたら、啓ちゃんが降りてきた。驚いたよ。素通りしたほうがよかったかい？」

金田が意味ありげに笑った。

「麴町のレストランだと？」

平尾が半身を起こそうとした。背後から秘書が「先生！」と叫ぶ。平尾が動きを止めた。やはり詐病のようだ。

「そうだよ。元の東日テレビの脇を入ったあの店さ」

「『トレビアン』か？　まだあるのか、あの店」

平尾の眼が一瞬、鋭い光を放ったが、すぐに惚(とぼ)けたように笑った。

「さあね。行ってみようと思っただけさ。あの『トレビアン』にな」

金田が答える。

ふたりの会話は、路子にとっては禅問答のように聞こえる。

と、そのとき上空で空気が縺(もつ)れたような気配がした。

雪の塊でも降って来たか？

路子は何気に空を見上げた。

白い空から、人が降ってきた。それも二体だ。

そんなバカな？

あまりにも非現実的なその光景に、路子は、ただただ呆然となった。

黒い物体は男女のように見える。男は濃紺のスーツ。女はベージュのオーバーコートを着たまま落下してきた。

「路っちゃん、どけ！」

金田に身体を突き飛ばされた。肩からの体当たりだった。八十歳とは思えぬその力に、路子は二メートル近く吹っ飛ばされた。コンクリートの歩道に全身を叩きつけられる。

同時に番傘が飛んだ。白い空に、藍色の番傘がくっきり浮かぶ様子を見た。

受け身を取りながら二回転している間に、鈍い音を二度聞いた。

何かが潰れるような、嫌な音だ。

続いて金属が転倒するような音。これはストレッチャーに違いない。

「おやっさん！」

「先生！」

若頭の傍見と政治家の秘書らしい男の声が飛び交っている。

最悪な状況を想像しながら、路子は、半身を起こして、音のした方向を見やった。

嘘でしょう。

悪夢の光景が広がっていた。

歩道にうつ伏せになっている和服の金田潤造の背中に、スーツ姿の男の身体が、斜めに折り重なっているのだ。金田の顔が逆向きになっているので、表情はわからない。銀髪が乱れ、鮮血が混じっていることだけは確認出来た。四肢が痙攣しているようにも見える。

スーツの男は、コンクリートに額を叩きつけたらしく、頭部が割れて、血飛沫と共に透明な脳漿が溢れ出ていた。

その向こう側……。

転倒したストレッチャーの真横に、スカイブルーのパジャマを着た平尾啓次郎が仰向けになっていた。顔面が吐瀉物で覆われている。無理もない、女の頭部が、腹にめり込んでいるのだ。

落下してきた男女の手足が当たったのだろう、救急隊員二名も、左右に弾き飛ばされている。

路子は打撲した右肘と太腿を撫でながら、のろのろと立ち上がった。

激突現場へ歩み寄る。

「脈がねぇ。おやっさんの脈が……」

金田の真横で、傍見が天を仰いでいた。雪が顔に降り注ぎ、濡れているのか泣いているのかわからない。

「そんな……」

おそるおそる金田の顔を覗き込んだ。その眼は、もう何も見ていなかった。

「平尾先生」

平尾の秘書も叫び、女の身体を引き剝がそうとしていた。

「そのまま、動かさないで。私たちに任せなさい」

正面玄関から飛び出してきた医師数名が、事故現場を取り囲み、合計四体の脈を取り、それぞれの瞳孔にペンライトを当てた。

頭が半壊した男は、彫りの深い顔をしていたが、よく見ると、右腕が一メートルほど先に跳んでいた。

平尾の腹部から、引き剝がされた女の顔は、陥没し血まみれになっているので、その顔立ちまではわからない。

路子、傍見、秘書は、固唾を呑んで、その輪を見守るしかなかった。刑事やヤクザは、損壊した遺体を見慣れているが、政治家の秘書は、おそらく初めてだろう。股間からアンモニアの臭いが漂ってきたが、その場にしゃがみ込んで、ゲロを撒かないだけでもたいしたものだ。

「残念ですが、四人とも絶命しています。私たちが出来ることは、何もありません」

白髪交じりの医師が、首を横に振った。

「すぐに警察に連絡します。動かさないで、そのままにしてください。いま、当院のシーツをかけます」

若い医師がふたり、病院の中に駆けて行く。ほどなくして、スーツ姿の職員が三人ほどやって来て、遺体に白いシーツを被せた。

路子は、絶句した。

「姐さんは、姐さんの仕事をしてください。あっしは、検死が済んで、遺体が返却されるまで、警察に付き合うしかありません。その後のことは、追ってお知らせします」

傍見が腕で目を拭(ぬぐ)い、白布で覆われた金田の遺体の横に立った。あえて気丈に振る舞っているようだ。

主を亡くした番傘が、病院の壁際で風に揺れていた。

「若頭(カシラ)……」

その後の言葉が続かなかった。

「江戸っ子は、何が起こってもいちいち騒がない。それが、おやっさんの口癖でした。ここで俺がオタオタしたら、金田潤造の死顔に泥を塗るようなものです」

傍見は、胸を張り、きつく口を結んだ。弁慶(べんけい)のような表情だ。

路子は右手の拳(こぶし)で、側頭部を何度か叩いた。しっかりせねばならない。

救急隊員たちは、打撲は負ったようだが、それぞれ自力で立ち上がった。杠葉総合病院の職員に促されて、院内へと入っていく。

「病院の屋上から飛び降りるなんて、後始末を依頼しているようなもんだぜ。図々しいにもほどがある」

職員のひとりが、ビルの上方を睨みながら言った。同感だ。自死に至る経緯はどうあれ、他人を巻き込むとは最低だ。

――地獄に堕ちろ。

路子は胸底で罵倒(ばとう)した。

百メートルほど後方に停まっていたシルバーメタリックのスカイラインから、辻村が、こっそり降りてきた。

「妙なことになってしまいましたね」

辻村が頭を掻(か)いている。

「なんてことなの」

路子は吐き棄てるように言ったが、正直、いまだ金田と平尾を事故に巻き込まれた実感が湧いてこない。

「被疑者死亡ということで、二課の捜査はここまでです。ご協力ありがとうございました」

辻村があっさり言って、踵(きびす)を返した。

むかっ腹が立った。

「ちょっと待ちなよ！」

辻村の腓に、回し蹴りを見舞ってやった。あっけなく横転した。

「な、何するんですか！」

「そっちの車、あの位置にいたんでしょう。ドライブレコーダーを見せてもらうわ」

「いやいや、それは、上を通してもらわないと。飛び降りたふたりを殺人容疑にするのであれば、まず捜査一課に仁義を通さないと」

そういう辻村の顔にビンタを見舞ってやる。

「組対四課の協力者がやられたのよ。ふざけたこと言わないで！」

今度は思いきり股間を蹴り上げた。

「うっ」

辻村が、呻いて、歩道に蹲った。

さらにその肩に踵落としを打ち込んでやる。

そのままスカイラインに歩み寄り、助手席の扉を開けると、運転席にいた辻村の相勤者である男が目を剝いたが、かまわず、フロントガラスに設置されていたドラレコをもぎ取った。

じきにパトカーが列をなしてやってきて、直ちに現場の封鎖がなされた。ブルーの制服を着た機動鑑識員たちが、遺体の周りを写真撮影し、地面を這い出した。

その光景を確認し、路子は現場に背を向けた。

捜査一課の連中と顔を合わせ、根掘り葉掘り事情を訊かれるのが面倒だった。まだ自分でも、目の前で起こった出来事への整理がついていない。

路子は赤坂エクセルホテル東急のほうへと歩いた。

霙のようだった雪が、次第に湿気を失い粉雪に変わった。まるで金田潤造の遺体を覆う白布のようだ。

両眼に温かみを感じたと思った瞬間、それは雫となって溢れ出て来た。

こんなことがあっていいのか?

たとえ自殺であっても、飛び降りにより赤の他人を巻き込んだとすれば、殺人だ。過失致死傷罪も問える。

だが、加害者が死亡してしまっている場合、実況見分した刑事が報告書を書くだけで、特段捜査はしない。死んだ者に刑事責任は問えないからだ。

巻き込まれた被害者の家族は、加害者の家族に、賠償訴訟を起こすことが出来るが、賠償金を得られるのは、その加害者の家族が、相続を認めた場合だけだ。相続放棄をしてしまえば、賠償責任はない。

つまり、この場合、加害者の死は、すべての責任を放棄させてしまうことになる。

飛び降りたふたりにも、相応の理由はあるのだろうが、巻き込まれた側の視点に立つと、あまりにも理不尽な死である。

故意ではないとしても、大物俠客と元政治家を殺してしまったのだ。

その経緯(いきさつ)を解明せねばなるまい。そうでなければ、金田潤造の墓前に行く資格がない。

4

午後には早くも各局のワイドショーが事件を報じていた。

【二月十日午前九時二十分頃、東京赤坂の杠葉総合病院ビルから、男女が飛び降り自殺。巻き込まれたふたり死亡】

そんなテロップと共に、いきなり事故現場の様子が映し出され、封鎖線の前で、女性レポーターが悲痛な面持ちでマイクを握っている。

「巻き込まれて死亡した男性のひとりは、元総務相の平尾啓次郎さん、八十歳です。平尾さんは今朝九時、南青山の自宅で心臓発作を起こし、救急車で杠葉総合病院に搬送され、救急車からストレッチャーで降ろされたところで、屋上から飛び降りた女性の直撃を受けました」

カメラが屋上を見上げ、そこに平尾の顔写真が挿入される。議員時代のものだ。選挙ポスターからの転用か、いかにも作った笑顔の写真だ。

スタジオに切り替わり、短髪で関西訛りのキャスターが、平尾の経歴を読み上げ、ゲストの政治評論家が、解説を付け加えている。東日テレビだ。

路子は、富沢と向かい合ったまま、その映像を眺めていた。警視庁十二階。幹部専用応接室だ。

「とんでもないことになった」

富沢が苦り切った顔をした。

広報は金田潤造については、まだ伏せている。富沢が総監の許可を得て、かん口令を敷いてもらっているのだ。東日本最大の任侠団体の会長の死によって、闇社会の力の均衡が失われる可能性がある。大阪府警、兵庫県警にはすでに情報を送り、関西勢の動きを監視させていた。

それ以前に、関東泰明会の内部統制も必要となる。

「場合によっては、関東泰明会が先に、加害者の家族の身元を割り出してしまいます。そうするとややこしいことになります」

路子は、目の前にいる富沢に訴えた。怖いのは暴発だ。手柄を立てたい下部団体の若衆が、飛び降り自殺した男女の身元を洗い出し、その家族を殺害しかねない。

「傍見さんに、連携を頼めないか」

「調子のいいことばかり言わないでください」

路子は、目の前に置かれていたペットボトルを、キャップの開いたまま、富沢に投げつけた。ペットボトルが富沢の額を直撃し、顔中が水だらけになった。

「落ち着け、黒須」

「どう落ち着けと言うんですか！」

路子は、椅子を蹴って、立ち上がった。苛立(いらだ)ちがピークに達していた。居ても立ってもいられない気持ちだった。

と扉をノックする音がして、組対のベテラン刑事がひとり飛び込んできた。新宿東(ひがし)署上がりの五十二歳の殿井五郎(とのいごろう)だ。

「一課から情報を取りました。飛び降りたのは、広告代理店雷通(らいつう)の営業部員、小野里隆(おのざとたかし)、三十二歳と六本木のキャバ嬢、斉藤美枝(さいとうみえ)、二十六歳です。小野里の遺書も出たそうです。斉藤美枝の源氏名はジーンだったとか。出ていた店は『キャロル』っていいます」

続いて殿井は、それぞれの漢字を説明した。二人の氏名を路子はメモした。

「遺書には？」

富沢が訊いた。

「美枝に入れ込み、一億以上もの金を使い込んでいたと。まもなく発覚するだろうから、死をもって償（つぐな）うと。美枝とは、同意があったのか、無理やりだったのかは不明です。一課が雷通と六本木の美枝の勤め先に聞き込みに行きました。遺体からは、相当なアルコールが検出されたようです。酔った勢いで、病院の外階段を上り切ったんでしょうね」

殿井が早口で言った。

「外階段から上ったのかね？」

富沢が訊き返す。

「病院内の防犯カメラには、昨夜から今朝までの間に、ふたりの映像は映っていなかったと」

「酒の勢いというのは、かなりの無茶もさせてしまうものですが、薬物という線はないということですね」

今度は路子が訊き直す。

「司法解剖の結果、覚醒剤系（ケミカル）、大麻系（クサ）、いずれの反応も出なかったとさ。焼酎、ビール、ウイスキーをがぶ飲みしたようだが、自死への恐怖を紛らわすためだったんだろうよ」

四角い顔を路子に向けたまま殿井が、しわがれ声で言った。

「屋上には、誰でも上がれるようになっていたのでしょうか？」

それも少しだけ気になっていた。歌舞伎町の飲食店ビルでもあるまいし無防備すぎる。

「あの病院の屋上は、人が使用出来る状態にはなっていないという。つまり単なる屋根だ。エレベーターも八階までしかなく、内部から屋上に出るためには、専用の階段を上がらなければならないが、そこに行くための扉も日常的に施錠されているそうだ。ただし、外階段で八階の踊り場までやってくると、アルミ製の狭い梯子で、屋上に上がり切ることは可能だった。これは火災時の緊急用に設置されているんだそうだが、院内でも警備員ぐらいしか、梯子の存在なんて知らないそうだよ。飛び降りたふたりが、自死を計画していたのなら、事前に一度確認したことになる」

「外階段に防犯カメラは？」

富沢が訊いた。殿井が手帳を開いて、メモを探す。

「かつては偶数階に設置していたらしいです。老朽化での交換を見送り、半年前に取り外したそうです。コロナ禍で、さすがの杠葉総合病院も、経費削減を図らねばならなかったようです。もっとも警備員の話では、外階段の防犯カメラに映っていたのは、暗闇でセックスをしてる男女ぐらいだったそうで、設置していた十年の間に不審者侵入などは、まったくなかったそうです」

「小野里と美枝のふたりも何度かやったんでしょうね」

路子は窓辺に寄った。皇居の森が、雪に覆われ始めた。東京のど真ん中にあって、まるでカナダかノルウェーの森のように見えた。

「八階の踊り場でやったときに、屋上に上がれると知ったんだろう。それなら、今回の飛び降りは、ある程度前から計画していたことになる」

富沢が腕を組んだまま、目を瞑った。

「自分は、しばらく捜査一課に張り付きます。関東泰明会や金田に関する情報を向こうが先に仕入れたら、必ずこっちにも流すように若手を二人ほど、たらし込んでありますので」

殿井が退出した。手練手管のマルボウ刑事だ。うまく情報を回してもらえるだろう。

「二課への捜査協力を、上層部は知っていたのですよね」

路子は富沢に訊いた。

「総監、副総監、刑事部長の三人と相談して決めたことだ。買収資金の金主である平尾を観念させ、金の出所を自白させたかった。そのためには、金田さんを使って威嚇するのが一番だろうと。金田さんは、平尾に接近した際に何か言っていなかったか？」

「なにも」

　路子は惚けた。

　金田は平尾に『トレビアン』というレストランに行くと伝えた。平尾の驚いた顔は、それがなにかの符牒だったと想像出来るが、ここでは明かさない。逆に、富沢に確認した。

「警察庁のほうは、ご存知でしたか？」

「いや、内密にしている。いかに与党ヤクザとはいえ、捜査に任侠団体の会長の協力を得たとなれば、いろいろ問題が生じてくる。官僚たちは、知らないほうがいい」

　そういう富沢もキャリアなので官僚であることに違いはないが、捜査をしない事務機構である警察庁に比べれば、警視庁詰めのキャリアのほうが、現場意識が高い。

　警視庁や検察庁では、前政権下で、逮捕権や人事権に、官邸サイドから何度か圧力がかかったことから、恨みに思っている幹部も多い。

　強制性交等罪の証拠を固めながら、前総理側近と言われたジャーナリストの逮捕を見送ったことや検事総長人事への介入などは、内心忸怩(じくじ)たる思いで耐えてきた。

「選挙事案だけに、警察庁(サッチョウ)から官邸に筒抜けになるのが、嫌だったのですね。でも、もっと奥があるんでしょう？」

路子は、黒いジャケットのポケットから袋を取り出し、風船ガムを口に放り込んだ。緑色。ペパーミント味だ。ぷぅ〜と膨らませる。

富沢が如実に嫌な顔をした。路子は、風船を萎めて続けた。

「おっさん、そろそろ本音を言ってよ。じゃないと、私、降りるわよ」

「くっ」

富沢のコメカミに太い筋が浮く。路子が降りるということは、関東泰明会に歯止めがかけられないということを意味する。

「公選法で逮捕された広田秀隆、光恵夫妻の忠誠心はそれほど強くないだろう。検察は、いずれ佐竹前総理の関与まで白状（ゲロ）すると見ている」

「つまり、一気に佐竹前総理の影響力は弱まると」

昨年八月に足掛け八年も総理の椅子に座り続けていた佐竹は、持病の悪化で突然政権を投げ出したが、後任は政権ナンバーツーだった前官房長官の寺林義明だ。佐竹の民自党内における影響力は、依然として続くように見えた。

だが、もしこの広田夫妻の買収事案が、前総理にまで拡大されたら、政局は一気に流動的になる。寺林義明は、官房長官としては政権の黒幕的存在だったが、総理という日々スポットライトを当てられる地位においては、いかにも小物感が漂ってしまう。

「警視庁としては政局に持ち込みたいと」

路子は、先回りをして言った。総選挙で負けると、総理の首のすげ替えが行われる。狙いはそこだろう。

「官邸の力があまりにも強くなったという意識はある」

「リベラルの立共党の方が、霞が関や桜田門としては、騙しやすかったとでも？」

「いやいや、そこに戻したいわけではない。総選挙になってもまだまだ民自党は過半数は取れる。国民は野党の理想主義についても懐疑的だ。それよりも平尾から渡邊に流れた金の性格だ。引退した政治家が一体どんなわけで、そんな金を提供出来るんだ？　平尾が繋がっていたＩＴ産業は、必ずしも大手ばかりじゃない。ＩＴ産業台頭期から後ろ盾になっているのが気になる」

富沢が口を真一文字に結び、窓際に近づいてきた。

「そこを見ていましたか」

路子は、少し驚いた。やはりキャリアは侮れない。

九〇年代の半ばから二〇〇〇年代初頭にかけて、二つの新しい勢力が台頭した。

ひとつは、ＩＴを基盤とする若い起業家集団。のちに従来の経済界を振り回すことになろうとは、この頃まだ誰も気づいていなかった。もうひとつは半グレ集団。暴走族でしかなかった町の不良仲間たちが、既存の極道を脅かす集団になるとは、やはり誰も予測出来なかった。そして、このふたつの異なる次元に立つ集団が、交わることになる。

間を取り持ったのは芸能界。そこから政界へと発展している。

今では組織犯罪対策課に関わる刑事なら、しっかり学んでいる歴史だ。

ＩＴ起業家と半グレ集団の不思議な親和性。

これは、ＰＣ普及期の「出会い系サイト」の運営を広告代理業、アダルトコンテンツのソフト制作という分野を半グレたちが、積極的に請け負ったことに遡る。当時は未開の分野であった。

現在、上場するような企業の中にも、二十五年ほど前には、アダルトコンテンツによって成長した会社や創業者は大勢いる。

また一九九九年の、東証マザーズの開設に伴いベンチャー企業が一気に上場を果たし、創業者利益を得たと言われるが、それを食ったのも半グレであるとされる。

利に敏い半グレ集団は、自らもベンチャー企業の設立に関与し、直接巨大な利益を得たという。

その頃、政治家がどう絡んでいたのか？

「平尾啓次郎が、政界を引退し、ＩＴ企業と政財界の橋渡し役になり出した頃と妙に一致しているのでね」

「半グレがいよいよ政治にも口を挟んでくる時代になると」

路子は、右手を握り、窓の透明ガラスを軽く小突いた。

「二課は、単純に公選法に絞っているが、半グレの不法蓄財が国政選挙の買収資金になっているようでは、この国はバナナ共和国に成り下がってしまう」

富沢がわずかに声を張った。

バナナ共和国。政情不安な中南米の小国を軽蔑した言葉だ。マフィアがらみの独裁政権が多いことでも知られる。

「わかりました。探ってみましょう。ただし勝手捜査です。工作費は二千万。とりあえずキャッシュでお願いします」

「近々に、しかるべき場所に届ける。幹部会の許諾のいらない組対部の機密費だ」

富沢が明言した。

扉が、いきなりノックされ、殿井が戻ってきた。眼が見開かれている。

「関西（にし）のほうが騒がしくなっています。三十分ほど前に、ミナミの半グレ集団『ダイマット』が、京都木屋町（きょうときやまち）のＡＶ制作会社『御所楽（ごしょらく）』の扉に発砲しました。九ミリ弾、五発です」

荒い息を吐きながら言った。

「ということは、関西はすでに嗅ぎつけたということね」

御所楽は、ネイティブな京都弁のＡＶ女優を主演させることで人気の制作会社だが、裏版の東南アジアでの販売は関東泰明会のフロント企業『大亜細亜映像』が一手に引きうけている。

名作『お入りやす』は上海やモンゴルでもブレイクしている。

「さっそく観測気球を上げてきたな。傍見さんに冷静になるように伝えてくれ」

富沢が唇を震わせて言う。

「いえ、ここは簡単な報復をさせておきましょう。動かないと、逆に、関西をつけあがらせることになります」

「しかし」

富沢の目が泳いだ。

「いいから、私に任せて」

路子は幹部会議室を飛び出し、エレベーターホールに向かった。

逆方向から、背の高い女が歩いてくる。自分と同じ歳ぐらいだろうか。黒のスカートスーツ姿だが、生地がいかにも高級そうだった。路子はその脇をすり抜けようとした。

「あなたが、組対四課の黒須刑事ですか？」

女が突然、声をかけてきた。透き通るような白い肌と、整った顔の持ち主だ。

「そうだけど、ちょっと急いでいるんで」

歩を止めず、路子は通路を進んだ。

「関東泰明会の金田潤造に関して、緊急に聞きたいことがあります。富沢部長と同席の上で、お願いします」

ソプラノ歌手のような澄んだ声だが、居丈高である。

「悪いけど、かまっている暇がないの。あんた誰？」

「警務部の及川です」

胸の内ポケットから警察手帳を取り出し、開いて見せた。

《警務部・人事二課・監察官・警視及川聖子》

「事務方と話している暇はないのよ」

路子より二階級上だ。見た目、三十歳ぐらいで警視。これはキャリアと見るべきだろう。普通なら、身体を折り、敬礼するところだが、路子は、一瞥しただけで、通り過ぎようとした。

「ずっとあなたに注目していたのですけど」

笑顔で言っている。意味ありげな笑いだ。

人事二課(ヒトニ)は、巡査から警部補までの人事全般を扱っている。警部以上は人事一課(ヒトイチ)の管轄だ。

路子は巡査長なのでヒトニの扱いになる。警察官の不正や素行を取り締まる監察室は、その人事一課と二課にそれぞれついている。路子の庁内での金貸しなどの情報を握っているということだろう。

「だから？」

「今朝の事案に組対(そちら)が、何やら絡んでいるようなので、事情を説明してもらいたいわ」

聖子が、凜(りん)とした眼差しを寄越す。やけに清々しい視線。この手の女は、苦手だ。

「あんた、セックスあまり得意じゃないでしょう。発情したときは自慰(オナニー)で済ませているタイプね」

「いきなり、なんですか？」

聖子が頬を紅くした。唇が震えている。

「かなり独りよがりな感じだもの。しかもあんた、突起を集中的に摩擦するタイプでしょ」

路子は、聖子の眼前に人差し指を立て、虚空で上下させた。

「なんてことを！」

聖子の目が大きく見開かれる。

路子はかまわずエレベーターホールへと走った。

警視庁の正面に出ると、ちょうど黒塗りの公用車が止まったところだった。六尺棒を持った立ち番が、背筋を伸ばして最敬礼をした。

後部席から降りてきたのは、垂石克哉（たるいしかつや）。警察庁の公安局長だ。路子を所轄の中央南（ちゅうおうみなみ）署から呼び寄せた幹部のひとりだ。官邸からの帰りのようだ。毎朝定時に官房長官に、公安情報を報告するのが、垂石の一日の最大の任務のはずだ。

「いま金田さんの件を聞いた。言葉が出ない。私の立場で、こういう言い方をするのもなんだが、金田さんにはさんざんお世話になった。総監も長官も同じ気持ちのはずだ」

冷たい空気の中、垂石の吐く息からは、強い葉巻の匂いがした。

「私が会長を現場に連れて行きました。捜査二課（ソウニ）への協力ということで。任意の要請だったのに、取り返しのつかないことをしてしまった」

路子は、たとえ局長でもため口を叩くが、今日に限っては語尾が震えていた。泣き出してしまいそうなのだ。

「富沢部長も考えがあって命じたことだろう。黒須、気持ちを強く持て。矛盾だらけの中で任務を遂行するのが、警察の仕事だ。悔やむ気持ちがあれば、この先の捜査に生かせ」

垂石はそう言うと、庁舎に足早に向かっていった。

ありきたりの言葉だと思った。

自分のことを慮(おもんぱか)って、あえてそっけなく言ったのはわかる。だが、それでは慰撫(いぶ)にならないほど、いまの自分は傷ついている。

庁舎に入りかけた垂石が、ふと足を止め、戻ってきた。立ち番に聞こえないように、背を向けたまま、小声で言った。

「金田潤造さんは、警察にとって、宝物のような存在だった。戦前であれば勲章が送られていたことだろう。残念ながら、令和(れいわ)の世では、俠客という言葉は通用しなくなった。黒須、令和の俠客は、刑事が担うしかないんだ」

最後に二度、背中を叩かれた。ようやく胸に響く言葉を貰った。さすがは人心掌握に長(た)けた公安のトップだ。

「関東泰明会との連携は、今後も続けますよ。金田会長がいなくなっても、傍見さんがいます」

路子は溢れそうになる涙と鼻水を懸命に堪(こら)えながら伝えた。

「それは、決して口には出すな。『察俠連合(さつきょう)』については、歴代の総監、長官が、胸に秘めてきた事項だ。今後もそれに変わりはない」

垂石は厳しい目に戻って庁舎に帰っていた。

第二章　ふたりの関係

1

「若頭。私の命、好きに使って貰えませんか」

信濃町の慶應義塾大学病院。死体安置所のある通路の前で、路子は傍見文昭に、深々と頭を下げた。

詫びて済むことではない。極道を事故死させてしまったのだ。自分の命を差し出すしかあるまい。

「会長はそんなことは、望んではいませんよ。あれは事故でしょう。極道だって、交通事故で死ぬことはある。騒いだら、カッコ悪いですよ」

「でも、私が協力をお願いしていなければ、今ごろは向島で、若い衆と将棋でも指していたはず」

　関東泰明会の総本部は向島にある。昭和からある数寄屋造りの料亭を買い取り、金田は、そこに五十人の組員に守られながら暮らしていた。

　時代に合わせ、代紋、看板、提灯の類は、一切あげていない。外見は、黒板塀に囲まれた鄙びた料亭でしかない。

　だが、その黒板塀にも母屋の漆喰の白壁にも、分厚い鉄板が埋め込まれており、手榴弾やマシンガンぐらいではビクともしない造りになっている。

　その城塞のような住処から、無理に赤坂まで引っ張り出したのは、自分である。

　悔やんでも悔やみきれない。

　傍見の顔が涙に滲んで見える。

「姐さんらしくもねぇ」

　傍見が、眉間に深い皺を刻ませながら、一直線に路子を見つめてくる。こんな時なのに、照れくさくもある。その傍見が続けた。

「極道は、死ぬために生きているようなものなんです」

「そんな」

「いいや、それが本物の極道なんです。俺たちは半端な愚連隊じゃないですから。ある意味、死ぬのがかっこいいって思って生きているんですよ」

「若頭、それ、私への気休め？」

路子は手の中で、目の周りを拭った。

「バカ言っちゃいけない。おやっさんの口癖、知っていますか？」

「コーヒーはブルーマウンテン」

言ってまた泣き笑いになった。金田潤造は、ブルーマウンテンの愛飲家であったのだ。

傍見も相好を崩した。

「そっちじゃなくって」

語尾が少し震えていた。くるりと背を見せる。堅気に涙は見せられないのだろう。今度は路子が一呼吸待つことにした。

「口癖は『長生きし過ぎた』でした。心底、若くして亡くなった俠客たちを羨ましがっていたんです。自分には『伝説の』という形容詞がつかねぇと」

背中を見せたまま言っている。

「八十まで生きたから、関東をすべてまとめ上げて、関西との調停役にもなれたのでは？」

路子が言うと、傍見が不意に前を向いた。

「それは、堅気の評価だ。本物の極道は、そんな政治家や企業家のようなことは、考えちゃいねぇ。やっぱ、死にざまでさ」

傍見の目には、涙などひと雫も残っていなかった。

「それでは、なおのこと、あんな事故に巻き込ませてしまって……」

およそ、極道の美学に反する死にざまではないか。

「いいや、おやっさんは、二年ぐらい前から、偶発的に死ぬのが一番いいって、言ってたんです。空から、鉄骨でも降ってきて、その下敷きになって死ぬのがかっこいいって」

「嘘でしょう?」

路子は目を見開いた。

「冗談でこんなこと言えますか。やはり言霊(ことだま)っていうのはあるんですね。鉄骨じゃなくて、人間でしたが、その通りになった。本望だったんじゃないでしょうか。そう考えましょうよ」

傍見が、親指を立てた。

そう考える。

傍見の言葉が沁(し)みた。そう考えなければ、誰も浮かばれない。極道としての落としどころなのだろう。

「そうだったのね。それじゃ、本望だったようね。悪徳政治家を道連れに出来たし」

路子も、努めて明るい顔を作って見せた。人生には、歯の食いしばりどきという局面がある。いまがそれだ。

「平尾啓次郎も運がいい。あいつこそ、闇資金の出所を明かさず、墓場まで持って行った口の堅い政治家として、永田町では讃えられる。言っておきますが、姐さん、あっしも闇資金の内容はまったく知りません。それは本当です」

傍見が、初めて悔しそうに口をきつく結んだ。

「若頭が、惚けているとは思っていないよ。そこは、こっちの仕事だから」

今度は、路子が親指を立てて見せた。捜査の糸口すら見当たらないが、どうしても探ってみなければ気が済まない気分だ。

平尾父子、祖父黒須次郎とそれに準ずる存在だった金田潤造が関わっていた闇資金。いったいどんな性質の金だったのか。知らずに、この先の刑事人生は歩めない。

「こんなご時勢なので、葬儀は、身内だけで目立たないようにやります。調布の撮影所を借りることになるでしょう」

傍見はすでに現実に戻っているようだった。身内とは他団体や堅気には声を掛けないということだろうが、この場合、直参までを指すのか、三次団体の組長、幹部までを指すのかわからない。調布の撮影所を借りるというのは、映画の葬儀シーンを装って本物の葬儀を執り行うということだ。

関東泰明会が得意とする手法だ。

エキストラと称して、多くのヤクザ者が黒服を着て参列しても、映画撮影所という閉鎖された場所では、一般人に迷惑をかけることもなく整然と執り行える。

おまけに映画撮影所なら、大道具が祭壇を作り、照明も自在に操れる。大駐車場や大食堂も完備されており、これ以上適した場所はない。

「身内として、葬儀には呼んでいただけるかしら」

いつもの茶目っ気を出して聞く。

「姐さんのほうは、極道の葬儀に出席して問題ないんですか？」

「あるわけないでしょう」

裏オーダーとはいえ、警察の陽動捜査に協力して事故に巻き込まれたのだ。とやかく言われる筋合いはない。幹部に言われたら、金田があの場にいた真相を暴露するまでだ。

「だったら、弔辞、読んでくれませんか」

傍見に真顔で言われた。

さすがに絶句せざるを得なかった。

極道は、どんなときでも、人の言葉尻を捉えて、付け込んでくる。応酬話法のプロなのだ。

「降参。さすがにそれはムリ。何を差し出せばいい？　身体でもＯＫよ」

極道を相手にギブアップする場合は早いほうがいい。傷が浅くてすむ。

「いやいや、受けると言われたら、あっしの負けでした」

傍見が、肩を竦めた。湿っぽい雰囲気が一転、明るくなる。これもまた極道の腹芸がなせる技だ。

「姐さんの身体なんて、滅相もねぇ。よければ捜査に一枚嚙ませてくださいよ」

傍見が、顎を扱(しご)いた。

そこが本音か。望むところだが、路子は、

「仕方ないわね」

と返した。ようやく自分も調子が戻ってきた。

暗い通路を、喪服を着た禿頭(とくとう)の男が速足で歩いてきた。すぐ後ろから、ストレッチャーに乗せられた棺(ひつぎ)が運び込まれてくる。黒い棺だった。見ようによっては重箱だ。

「おやっさんのかねてからの遺言でしてね。『堅気のような白木の棺桶だけは勘弁してくれ。極道は黒塗りがいいに決まっている』と」

傍見が角刈りの頭を掻く。

「会長らしいわね」

路子も頷いた。饅重が好物だったことも思い出す。死してなお、笑いの取れる大俠客だ。

禿頭の男が、傍見の前に進み出て、一礼し、両手に白い手袋を嵌(は)めた。

「骨も内臓もかなり損壊している。うまく復元してくれまいか。そういう技術を持っているのはあんたしかいない」

「会長にはさんざん目をかけていただきました。精一杯、務めさせていただきます」

禿頭の男が、再度、礼をして、安置室に入っていった。その背後から黒い棺も続いた。

「葬儀屋ですよ。うちらの業界じゃ、名の知れた男でね。手榴弾(パイナップル)を食らってバラバラになったような遺体でも見事に復元してくれるんです。命以外はね」

傍見が、通路を歩き出す。ブランドバリューのある大学病院にしては、院内は暗く鬱(うつ)とした雰囲気が漂っている。

「跡目については？　序列から言ったら、若頭でしょ？」

路子は訊いた。東西のバランスに関わる重要事項だ。

「そう簡単なことじゃないです。とりあえず葬儀が終わるまでは、そのことは出さねぇっていうのがルールで。あっしは三日ほど忙しくなりますが、何か、先にやっておくことはありますか？」

「大阪の半グレが、もう威嚇射撃したのは知っているわよね？」

傍見が軽く顎を引いた。

「たぶん反応を見ているんだと思うけど、いちおうカウンターは打っておいて欲しいの」

「わかりやした。うちも下部組織の山手連合に、狩りをさせておきましょう」

傍見の両眼が鋭く光った。

「拡大はさせないでちょうだい、小競り合いでちょうどいいの」

「匙加減はわかっているつもりです」

傍見が突き当たりを右に曲がった。百メートルほど先に、広々としたロビーがある。そこだけ光が差しているように見えた。

「葬儀の日までに、飛び降りた連中の素性を洗っておくわ」

「遺族を脅すつもりなんてありませんよ。うちらの業界じゃ、死んだらなんでもチャラだ」

「わかっている。ただ、何で飛んだのかそれが知りたいだけ」

「あっしのほうも、おやっさんと平尾の関係について、いちおう調べをつけておきますよ」

「頼もしいわ」

ロビーに出たところで、傍見と別れた。

車寄せで、タクシーに乗り込み、六本木に向かった。

雪はだいぶやんできた。

2

「富沢部長、金田潤造が事故現場にいた件ですが……」

いきなり応接室に踏み込んできた人事二課の及川聖子にそう切り出された。ソファにも座らず、立ったままだ。スカートから美脚が伸びている。

「私に質問があるなら、刑事部長か警務部長がやって来るのが筋だろう」

富沢は突き返した。

「申し訳ありません。私の立場では、黒須巡査長から聞き取りをするべきところですが、たったいま、完全に無視されたものですから。しかし一介の巡査長が監察室の警視の命に従わないとは、いかがなものでしょう」

及川が表情を強張らせている。暗に上司の躾がなっていないと言いたそうな目だ。

「黒須には、階級など通用せんよ。人事二課にいて、そのぐらいの情報も持っていないのかね」

——黒須路子は特別な立場にいる。

総監も警察庁の長官も知っていることだ。

「特権にも上限はあるはずです。それと女性同士であってもセクハラで告発したいです」

及川が、唇を真一文字に結んだ。気は強いが純情そうな女だ。

「いったい、黒須に何を言われた？」

富沢は両手を頭の後ろで組んだ。

「それは言えません」

及川の顔が真っ赤に染まった。よほどの恥辱を受けたのだろう。富沢は話題を変えた。

「まぁ、座りなさい。金田潤造さんが、あの現場にいたのは、黒須が平尾啓次郎に会わせるためだった。そもそも二課の捜査へ協力して欲しいと、私に長谷川部長から要請があった」

教えてやると、及川が渋面になった。

「その要請はなかったことに」

ソファに腰を下ろし、美脚を斜めに揃えた及川の声が、やや小さくなる。

「そういうことか」

今度は富沢が渋い顔をする番だった。暖房がたっぷり効いた応接室だが、気温が急に下がったような気分だ。

平尾啓次郎や金田潤造が、飛び降り自殺者に巻き込まれたのは、あくまでも事故だ。だが、ふたりの出会いを警察がセットアップしたとマスコミに知れたら大事になる。

警務部はその隠蔽に動いているのだ。

「部長会議が始まる前に、私が、黒須巡査長に根回しをしておく予定でした」

及川が言った。

ヒトニの監察官の立場で、黒須に、なんらかの圧力をかけようとしたのだろう。

下手に黒須に手を出されては困る。逆にしっぺ返しをされ、組織が揺れるだけだ。

「根回しなどしなくとも、黒須は、弁えているよ。べらべらと喋るような刑事じゃない」

「しかし、彼女は、日常的に、上司や同僚に金銭を貸し、あるいは弱みを握って懐柔しようとしている人物です。信頼出来ません」

正論を振りかざされた。そして、ヒトニはよく調べている。

「私から言っておこう。それで問題は起こらない。私が責任を持つ」

富沢は請け負った。ややこしくしたくない。

「部長がそこまで申されるのであれば、私は引き下がる以外ありません。しかし、黒須巡査長の横暴をこれ以上、野放しにしておくわけにはいきません。いずれ監察室として、きちんと処分をさせていただきますよ」

及川はそれだけ言うと立ち上がった。まさに正義感溢れる女性官僚という雰囲気だ。

「それは、そちらの仕事だ。人事や監察に関して、私にどうこういう権限がないのは承知している」

富沢は自制した。

監察が黒須を引っ張るような事態になれば、上が動くことになる。それだけのことだ。

「それでは失礼します」

及川が敬礼し、退室した。

富沢が八階の組対部へ戻ると、ほどなくして、副総監から幹部会議の招集が入った。

刑事部、組対部、交通部、地域部の部長が招集され、これに、事務方の警務部の部長と総務部の広報課長が加わった。交通部長と地域部長まで入っているのは、Nシステムや警視庁が関知する防犯カメラの映像から、黒須を消すためだ。

仕切りは副総監の大島守明（おおしまもりあき）だった。警務部出身だ。

この場で、警察が平尾啓次郎に金田潤造を引き合わせ、追い込みをかけようとした心理作戦があったことは、隠蔽することが決定した。

金田潤造が偶然通りかかり、旧知の平尾を見たので、声をかけようとした。そこで事故に巻き込まれた。

そういう筋書きだ。

「長谷川部長、富沢部長、よろしく頼むよ。黒須君も辻村君もそこにいなかった、と」

副総監から念押しされた。

「官邸や民自党の反応は？」

富沢が訊いた。

「特にはない。そもそも捜査二課（こちら）が平尾啓次郎をマトにかけていたことは、知られていないはずだ」

刑事部の長谷川が言い切った。

富沢は「甘い」と言い返したかったが抑えた。

与党議員のスキャンダルや刑事事件を抑え込むために、官邸は、常に内閣情報調査室（サイロ）を動かしている。サイロの本来の任務は、他国の諜報員をマークすることだが、前政権以来、内向きに動き出している。警察やマスコミを張り、自らの内閣に都合の悪いことがあれば先手を打ってくるのだ。

「ただし、平尾の死が、別な動きを活発化させる可能性がある。引き続き二課は、広田光恵に渡った買収資金の出所の解明をすべく捜査を続けますよ」

長谷川が目を輝かせている。

平尾の握っていた闇資金が、誰かに移動するとすれば、切り込むチャンスだと言いたいわけだ。

「飛び降りたふたりについては、事故として捜査終了ということか」

富沢はさらに確認した。

「もちろんです。組対部も、そこはあまり突っ込まないで欲しいのです」

広報課長の武田正道が言った。

「特に理由があるのか？」

「飛んだのは、雷通の社員です。雷通の機嫌を損ねたくないメディアは、深く掘り下げないはずです。寝た子を起こしたくはありません」

下手に興味を持たれて、現場を取材されたくないということだ。

「わかった。一課には早々に切り上げさせる。こっちの本筋はあくまで公選法違反だ」

長谷川が答えた。

「組対部のほうは、関東泰明会を監視願います」

武田が頬を撫でた。

「承知している。だがあの団体は、与党ヤクザだ。リークなんかせんよ」

富沢は即答した。

「とはいえ、ヤクザはヤクザですからマスコミに暴露された場合の、カウンターは用意してあります」

それより、ヤバいのは黒須路子だとは言えなかった。

3

「ジーンが最後に出勤したのはいつ？」

路子は、風船ガムを噛みながら、いきなり切り出した。リンゴ味だ。

「たったいま三人の刑事さんに、さんざん説明したばかりですよ」

キャバクラ『キャロル』の店長、有島健太（ありしまけんた）が、スポーツ紙をテーブルに放り投げるなり、面倒くさそうな顔をした。

四十歳ぐらい。浅黒い頬はこけて、目にはさほど生気がない。黒髪をポマードでオールバックに仕上げているが、耳の周りと襟足はかなり伸びている。黒のベストとボトムスもかなりくたびれていた。水商売なのに身なりにあまり気を使っていない様子がありありだ。店を一軒持ちたいという気構えもなく、惰性でこの商売をしているだけの男のようだ。

読んでいたのはアダルト面のようだ。巨乳の女がバストの間に大型バイブを挟んで微笑んでいる写真が大きく扱われている。

開店前の午後五時。

店は、大型ステージを備えた大箱だが、あちこちに置かれた空気清浄器が、木目を基調としたシックな店の雰囲気をぶち壊しにしていた。

コロナ禍は、非日常空間だった夜の店も変貌させている。

「悪いわね。警察も縦割りなのよ。部門ごとに調書を取るの。私、一課じゃなくて、マルボウだから」

口を開けて風船ガムを放り込みながら伝えた。

マルボウと聞いて、有島は目の縁を小さく痙攣させた。

先にやって来た刑事三人のことは目撃していた。

この界隈の風俗店を管轄する麻布西署の生活安全課刑事と警視庁捜査一課の刑事ふたり

だ。所轄の生安課は、その町の歓楽街の水先案内人のようなもので、店長にアポを取り、店を開けさせたのだろう。

路子は、その様子を張り込み、三人が出たところで、扉をノックした。段取りは先に来た刑事がやってくれたも同然だ。

「最後に店に出て来たのは、一昨日ですよ。二十時四十五分入りの一時十五分上がりでした。打刻されたタイムカードがありますが、確認しますか？　あっ、源氏名ジーンで、本名は斉藤美枝。二十六歳。青森県出身で間違いないですよ。現住所は板橋。ここで働き始めたのは一年前から。それ以前は、西麻布の会員制バーにいたらしいですが、店名までは、知りません」

有島は、二度目の説明らしくよどみなく答えた。ソウイチの刑事が確認したものを二度見る必要はない。

「結構です。昨日は、木曜日だけど、無断欠勤？」

「いいや。前夜に『微熱があるから、欠勤したい』とちゃんと言ってきた。普通は、シフト表を作る一週間前までに、申告してもらわなきゃNGなんだけれど、ジーンは、太い客を何人も持っているからね。金曜に雷通の小野里さんと同伴の約束を取り付けているというので、ついつい許可してしまったわけよ。まさかね、こんなことになるとはね」

有島が、そこで大きなため息をつき、巨大なシャンデリアライトの真下の円形ボックスを指さした。

「あそこが、ジーンがよく座っていた席です」

「広い席ね」

総勢十人以上が座れそうな円形ソファだった。

「はい、ジーンの客は、広告代理店やテレビ局、芸能プロ、レコード会社の人が多かった。そういう人たちっていうのは、いつも大勢で来るんです。逆にひとりではめったに来ない。同伴も好まない」

わかる気がする。

そういう連中は『決して女目当てに遊んでいるのではない、すべてを仕事に繋げるための接待だ』という意識の持ち主だ。同伴や、ひとりでキャバに行くのは、むしろカッコ悪いと考える。

路子が頷きながら、その席に歩を進めた。

有島が勝手に続ける。

「そのぶん、業界人たちは、大勢でやって来るんです。常に五、六人から十人ぐらい。ジーンの担当する幹(メイン)の客はひとりでも、そこから枝(えだ)客が、いくつも伸びている。特に雷通の小野里さんはアフター好きで、連れてきた人数分のキャストをアフターに誘ってくれるから、ヘルプに入った子も気合が入る。新規客の開拓になるからね。これは店にとって、本当にありがたかった」

雷通は、いまや広告代理店という範疇を飛び越えて、政商に近い存在だ。

このコロナ禍という嵐が吹き荒れる中でも、それだけ派手に飲み歩くのは、そこに大きなビジネスが転がっているからに違いない。

「小野里隆が最後に来たのは？」

「一週間ほど前ですよ。担当しているトクトミ自動車の宣伝部の若手ふたりと東日テレビの営業部三人を連れてきました。アフターは総勢十二人で、西麻布の会員制バーに行ったそうです」

豪勢なものだ。

「トクトミや東日テレビとはよく来るの？」

「はい、去年ぐらいから多かったですね。東日テレビの方とは、時々です。小野里さん、営業部の前は、そっちの担当だったようです。バ、イ、タ、イ、キョクとかって言うんですか？」

有島の言わんとしているのは、たぶん媒体局のことだ。広告代理店でメディアを担当する部局を指す。雷通は『新聞・雑誌局』『テレビ・ラジオ局』『ネットメディア局』に分かれているはずだ。

「小野里と、ジーンこと斉藤美枝は、男女の仲だったのかしら」

核心を訊く。

「まぁねぇ」

有島は曖昧な言い方をした。

「本人が『やってます』と言わなくとも、店長などをしていれば、おおよそ見当はつくでしょう。水商売のプロなんだから」

さらに食い込むと有島が微妙な笑みを浮かべた。ポケットから煙草の箱を取り出し、一本口に咥える。マールボロメンソールだ。

「かなり早い段階で、ふたりは深い仲になっていたと思う。いちおうさっきの刑事さんたちにも同じことを言ってある。そうじゃなきゃ、あの世まで同伴しねぇだろう」

そういうと有島は、傍にあった空気清浄器のスイッチを押した。ブルーのランプがつくと、マールボロの尖端に、安っぽい使い捨てライターで火をつけた。空気清浄器のランプがレッドに変わる。

路子は、ガムを膨らませた。紅かったガムが膨張してピンク色になっている。

煙を吐き出した有島が続けた。

「恋愛とクスリは同じで、嵌まったら抜けられねぇ。水商売のキャストは、その誘惑からどう身をかわすかで、人生が変わる」

有島が吐いた煙を眺めながら言った。水商売ならではの視点だ。

「小野里の支払い状態は？」

「うちはクラブじゃないんで、売り掛けは一切やらない。小野里さんもいつもカードで、どこにも問題はなかった」

「一回の支払いは？」

「うちは、普通のキャバクラだよ。場内指名を数人入れても客単価は二時間でせいぜい五〜六万。五人で来ても三十万というところだ。小野里さんはきちんと領収書を取っていたから、自分の懐は痛まなかったろうよ」

やり手の広告マンなら、そのぐらいの交際費は許されるだろう。銀座の高級クラブなら、ひとり分の料金だ。

「小野里隆と美枝は、ここで知り合ったのよね？」

「そのはずだ。小野里さんは、それ以前からもよく来ていた。それまで指名していたキャストが卒業してしまった直後にジーン……いや、もう本名でいいな……美枝と出会って、指名するようになった。三回目に来店したときには、もう完全に呼吸が合っていたから、その直前に寝たんだと思う」

「普通、客は、贔屓と一回寝ると、足が遠のくと言うけれど？」

一般論をぶつけてみた。とにかくいろいろ喋らせたい。

「その手の客がほとんどですよ。だけど刑事さん、こういう世界でもね、キャストと客が結婚まで行くケースだってあるんです。客の本質を見抜くのもキャストの才能で、美枝は、たぶん一発で小野里さんが、ゲスな客じゃないと見抜いたんでしょうね。小野里さんのほうも、キャバの客にしては出来た人で、店では、一切、彼氏面なんかしなかった。俺が、ふたりの関係に気づいたのは、そのせいだね。普通、あれだけ通っていれば、彼氏面になるのは当たり前です。キャストにすれば、そこが付け目で、自分も世話女房を演じて、たらし込むんです。だけど、美枝もそういう風には見せなかった。つまりマジ恋だったんですよ。小野里さんは独身だったし」

路子は、ガムを膨らませたり萎ませたりしながら聞いていた。

なるほど心中に至りえるカップルだったようだ。

「小野里隆が、仕事の上で、何かまずい状況に直面したのね。それで美枝を道連れにした」

そこに行きつくことになる。

「どういうことだったのかは、わかりませんね。店長と言っても所詮は黒服です。客の会話までは聞いていませんし、キャストも都合の悪いことは、俺たちに言いませんよ」

有島は、携帯灰皿で煙草を消した。

「美枝とよく一緒にアフターに行っていたキャストの名前は？」

路子は、パンツスーツの尻ポケットから長財布を抜いた。有島の視線が財布に落ちる。

「琴美といいますが」

「今夜来る？」

「いや、オーナーからの指示で今夜と明日は休業します。週明けの月曜は開ける予定ですが、それもまだどうなるかわかりません。興味本位の一見ばかり来られても困りますから」

理解出来る話だ。

「琴美さんと会えるように段取って」

「いや、それは……」

渋る有島に、路子は長財布から万札を五枚抜き取り、その手に握らせた。

「ちょっと連絡してきます」

五万円を即座にポケットにねじ込んだ有島が、事務室へと駆け込んでいった。

待つ間、路子はスマホを取り出し、毎朝新聞の川崎浩一郎にメールを入れた。黒須機関のメンバーで情報提供者だ。

雷通で小野里隆が担当していた仕事を洗わせる。何か特殊な仕事を命じられ、行き詰まっていた可能性もある。

その辺のことがわかるだけでも、飛び降り自殺の真相が見えてくる可能性が高い。

川崎からすぐに返信があった。さっそく取材に動いてくれるようだ。

有島が、メモ紙を持ちながら、戻ってきた。

「琴美もショックで寝ています。八時に板橋まで来てくれるのなら会うそうですよ」

「板橋？」

「美枝とは近所同士なんですよ。だから、アフターのない日の送りの車でも一緒だった。そんなこともあって、ふたりは常に一緒でしたね」

「なるほど」

帰りのタクシー代は、客からそれぞれが貰い、払いは割り勘にするのだ。

ホステスの祖母と母を持ち、銀座八丁目で育った路子は、本能的にそうしたことが理解出来た。

「喫茶店で待っててください。西口を出てすぐだそうです。下にあるのは、琴美の携帯番号です。店に入って鳴らしてくれたらいいと」

「いちおう、本人の顔写真とか、見せてもらえる？」

警察の事情聴取に、別人がやって来ることはよくあることだ。

「ポラロイドでよければあります」

「ついでに美枝の写真もお願い」

こちらの顔もはっきりとは把握していない。

有島が、また事務室に走っていき、すぐに持ってきた。

「こっちが琴美です。本名も、松永琴美です」

色白のふっくらとした女が、マロンブラウンのロングヘアを、右手で掻き上げている写真だった。美人というより愛嬌のある顔。

もう一枚を見る。

こちらは、小顔の和風美人だった。一重瞼だが、きつい印象がない。とても穏やかな表情なのだ。薄化粧で、昭和の映画女優を思わせる。

斉藤美枝だ。

「ありがとう。早く店が再開することを祈るわ」

冴えない店長に手を振って、店を出た。

4

その山小屋風の喫茶店『ベルン』はすぐにわかった。扉を開けるとカウベルの音が鳴る、まさに母親たちの時代の喫茶店だ。

店内に入るなり、強烈なトマトケチャップの臭いがした。

入口に近い席で、中年の男がひとりでナポリタンを食べている。楕円形(だえん)のステンレス皿に山のように盛られたナポリタンだ。

ピーマンの千切りとウインナソーセージが、いかにも町の喫茶店らしかった。

いまどきのカフェの『懐かしの昭和ナポリタン』などというものよりも、遥かに濃厚そうで、食べている男の唇がすでにオレンジ色に染まっている。筋金入りの毒々しさだ。

琴美の携帯を鳴らすまでもなかった。

スパゲティを食べている男以外の客はひとりしかいない。

奥の窓際の席に、入口に背中を向けている女だけだ。黒のタートルネックセーターに同色のカーディガンを羽織っている。隣の椅子に大きなトートバッグを置いている。

窓からは、通りを挟んだ真向かいにあるスナックの扉が見える。扉の脇に、横長の広告用の電光掲示板がついていて、夜九時までセット三千円などという文字が流れている。縦三十センチ横五十センチほどのちゃちな電光掲示板だが、フレーズの節目にやたらと星のマークが多く、妙なレトロ感を醸し出していた。

「松永さん、こんばんは」

路子はその背中に声をかけた。びくりと肩を震わせて、彼女が振り向いた。写真と同じ顔だったが、眸に生気がまるでなかった。死んだ魚かロボットのように無表情だ。

「黒須です」

警察とは名乗らず、会釈だけする。

「あっ、はいっ、どうも」

琴美は、どう対処していいのかわからないといった様子で、中腰になった。一般人が刑事と話すことなどめったにない。ほとんどの人間が、同じような反応を示す。

そうでなくとも、朋輩を失い、心理状態が不安定なときだ。無理もない。テーブルの上には紅茶のカップが置かれている。レモンティーを飲んでいたようだ。

「同僚を亡くしたばかりのときに、いきなりごめんなさいね」

路子は、神妙な顔で言い、窓を背に真向かいに座った。パンツスーツのジャケットのボタンをはずし、一瞬だけ開き、内ポケットに挟んである警察手帳を覗かせる。

それを見た琴美が頷いた。

「お昼に起きて、テレビを見てびっくりしました。美枝さんがあんなことになるなんて」

琴美の口調はぎこちない。突然、同僚を亡くして、心がロックされてしまっている感じだ。

「本名で呼び合っていたのね」

キャスト同士は普通、源氏名で呼び合うものではないか。若干、不自然さを感じながら、路子はそう尋ね、ウェイターにブレンドコーヒーをオーダーした。

「ええ、仕事から離れたときは、本名です。特にお昼に会うときは、周囲には、夜の街の女と思われたくなかったですから」

か細い声だった。

視線もティーカップ、窓の外、路子の顔と目まぐるしく変わる。

「何か食べた？」

路子は、いったん話題を切り替えた。

「いえ、食欲がなくて」

「この店でも、斉藤さんに会ったりしていたの」

「一緒に出勤したりするとき、よくここで待ち合わせていました。ミックスサンドを一皿だけ取って、ふたりで食べたんです。ケチったんじゃなくて、私たちのお腹には半分ずつでちょうどよかったんです」

琴美の目は虚ろなままだ。

ちょうどブレンドコーヒーが運ばれてきたので、一口飲んだ。

チェーン店のマシンドリップではなく、マスターが一杯ずつネルドリップしているらしく、深みのある味だった。ピーナッツが十粒ほど添えられていた。

「じゃあ今夜は、私とシェアしようか」

路子はカウンターに向かって手を上げ、「ミックスサンド！」と威勢よく言った。落ち込んでいる人を前にしているときは、ひたすら陽気に振る舞うことだ。

「警察の奢り。松永さんは容疑者じゃないから、利益誘導にならないの」

満面に笑顔を浮かべてみせる。

「それじゃ、いただきます。美枝さんのことを思うと、ちょっとしんどいですけど」

琴美はうつむいたままだ。時々視線を上げて、窓の外を眺める。スナックの白い扉をじっと見つめている感じだ。

「お互い、板橋に住むことにしてたのは偶然？」

話を美枝のことに戻した。

「先に私が住んでいました。六本木で働く子は、恵比寿とか中目黒に住みたがるんですけど、私は、王子の生まれですから、このあたりのほうが性に合っているんです」

「美枝さんは？」

訊きながら、ピーナッツを一粒、口に放り込む。

「入店して来たときは、麻布十番に住んでいました。前に勤めていた西麻布の会員制バーに通うのに都合よかったからだとか。私が板橋だと言うと、最初は、驚いていましたね。美枝さんの感覚では六本木と板橋があまり繋がらなかったのかもしれません。たまま花見の季節にお客さんと飛鳥山に行ったんですが、その帰りにうちに寄ったことがあって、一晩泊まったんです。そしたらすっかり板橋が気に入って越してきたんです。この古めかしい喫茶店とか昭和っぽい商店街の様子が、生まれ育った町の雰囲気に似ているとかって」

キャバクラの店長によれば、美枝の出身地は青森市だったはずだ。

そこが、どんな町なのか、路子は知らない。

ウェイターがミックスサンドを運んできた。ナポリタンと同じステンレスの皿に載っていた。いかにも手作りらしく、具が分厚く入っている。

「どれでもどうぞ。しんどいときはまず食べなきゃ」

「そうですね。これ、いただきます」

琴美が厚焼き玉子のサンドを取った。死んだ魚のような眸に、わずかに生気が戻った。

路子はハムチーズサンドを手に取った。一口齧る。

「美味しいわぁ」

心底、そう言える味だった。

「ホントですか」

琴美が初めて笑った。虚空でも窓外でもなく、初めて路子の目をまっすぐに見て、口の端を上げている。

気持ちが解けてきた。路子は、そう思った。

「ねぇ、斉藤美枝さんへの供養だと思って、話を聞かせてくれないかな。事故だし、たぶん刑事事件にはならないんだけど、どうして心中なんかしちゃったのかなって？」

思い切って切り出した。

「小野里さんとはマジ恋だったと思います」

琴美がぽつりと言う。また下を向いてしまった。

「それは、本人から？」

琴美が、視線を上げてちらりと窓の外を見やった。気になったので路子も振り向いた。

スナックの前に、男がふたり立ち、店の広告を流す電光掲示板を眺めていた。灰色のオーバーコートを着た小柄な中年男と黒のダスターコートの背の高い若者だった。上司と部下、そんなところだろう。

【★オールタイム・ハッピーアワー敢行中★★★ブラジャー五〇〇円★★スナック・スターズ★セット料金なし★午後十一時まで営業★★★★③】

そんな文字が流れていて、中年の男が、若手の背を二度叩いて、扉を引いた。

店名が『スターズ』なので、星のマークがやたら多いのだろう。

「美枝さんは、はっきり好きだって言っていました。小野里さんと一緒にいるとキャバ嬢でいるのが苦しくなると。たぶん、夜の街の女として会いたくなくなったんでしょうね」

琴美が、ぼそっと言った。路子は、慌てて振り返った。

「あの、ブラジャーって何？」

どうしても気になった。ママとか店の女の子のブラジャーを売るのか。

「ブランデーのジンジャーエール割りです。下町のスナックにはよくあります」

それでブラジャー。噴き出しそうになるのを堪えた。勉強になった。母にも伝えておこう。

「話の腰を折ってごめんなさい。美枝さん、ひょっとして、店を辞めようとしていたのかしら」

　――恋愛とクスリは同じ。

　キャロルの店長有島の言葉を思い出す。どちらも理性を飛ばすということだろう。

「その通りです」

　琴美が今度は、きっぱり言った。

「いつ頃、聞いた話？」

「三か月ぐらい前です。美枝さん、大学に行きたいって、予備校の入学願書とか取り寄せていました。二十六歳だから、卒業するのは三十歳になっちゃうな、とか」

「立派な志だわ」

　同時に、それはマジ恋だ。本気で恋愛でもしない限り、そんなことは思わないだろう。

「小野里さんと同じ早稲田に行きたいけれど、それはちょっと難しそうだから、とにかく知名度の高い女子大や短大を狙うって。女子しか受験しないぶん、チャンスがあるかもしれないって計算してました。それと必死に英会話を勉強していましたね。中途半端な資格を取るよりも語学に堪能なほうが、未来が開けるって。店にいたフィリピーナの子に、お金払ってまでレッスンを受けていたほどです」

　実にきちんとしたマーケティングだ。

目的が自らのスキルアップを図ろうというのではなく、ただひたすら、小野里との釣り合いを考えているのであれば、それは正しい選択だ。

「小野里さんのほうは、どんな反応だったのかしら」

キュウリのサンドに手を伸ばしながら尋ねた。チーズとマヨネーズもたっぷり挟まれている。

「最初は遊びだったと思いますが、本気になったと思います。小野里さんは、もとからヤリモクの客ではないです。仕事をうまく回すための接待しか考えていないような人ですよ。だからキャストを見る目も高い。アフターに出るときは、美枝さんに、お連れの方たちを飽きさせないように、トークが得意な女の子を、集めさせていました。美枝さんは、それに応えるように凄腕の女の子ばかりを連れて行ったので、もう本当に気に入ってしまったようです。美枝さんを愛してもいたと思います。ただ、美枝さんの想いとは、ちょっとずれていたんです」

琴美がそこまで言って、サンドイッチに手を伸ばした。レタスとトマトのサンドだ。

「ずれていた？」

路子は訊き直した。

「はい。美枝さんは、夜の仕事を卒業して、小野里さんと結婚することを目指していたんですが、小野里さんのほうは、美枝さんにお店を一軒持たせようとしていたんです。もちろん資金は、裏で小野里さんが調達し、美枝さんがオーナーになるということです」

「なるほど……」

路子はため息をついた。

エリートサラリーマンの妻になろうと、学歴や語学力を得ようと準備している水商売の女と、その女の才能を買って、店を出させようというエリートサラリーマン。確かにすれ違っている。

「私なら、オーナーママを選びますけど」

琴美がサンドを頬張りながら言う。同感だ。この場合、小野里の思考のほうが一般的だ。彼の周りには、美枝がなろうとしているような女は山のようにおり、逆に美枝のような女は希少なはずだ。

水商売で得る才覚は、それこそ下手な知識やキャリアに勝る。

水商売の家に育ち、警視庁に勤務している路子にはそれがよくわかる。

官僚には努力すればなれるが、ナンバーワンホステスには、才能と運がなければなれない。

徐々に、ふたりの関係が読めてきた。

「小野里さんは、美枝さんにお店を出させるために、無理をしていたという感じはなかった？」

ありがちだが、破綻（はたん）するとすれば、そこだ。

琴美の目が鋭く光った。

「無理をしていたと思います」

「何か聞いていたの？」

「直接は聞いていません。ただ、私がヘルプでついた小野里さんのお客さんが、資金提供を求められたと、愚痴（ぐち）っていました。あっ、いまは私の指名客です」

琴美が頭を掻いた。ちゃっかり枝の客をもぎ取っている。

「そのお客さんについて教えてくれない？　もちろん、あなたのことは決して言わない」

「うーん」

と、琴美はしばらくまた窓外に目をやった。自分の指名客の情報だけに逡巡（しゅんじゅん）しているようだ。

路子は、傍らに置いたビジネスバッグから細長い小箱を取り出した。

「これ、貰いものなんだけど。私は、使わないから、よければ」

「えっ？」

テーブルの上を、琴美のほうへ滑らせる。包装紙はない。箱にブランドのロゴがある。

「テーブルの下で開けてみて。よく袖の下って言うでしょう」

「はい？」

琴美は戸惑いながらも、テーブルの下で包みを開けた。カルティエのサントスを認めたようだ。一瞬にして琴美の目が輝いた。

「警察が手に出来るワケアリ品よ。刑事の私がつけるわけにはいかない代物。絶対に質入れしないって、約束してくれたら、あげる。逆に質入れしたら、すぐにばれるわよ」

盗品、横流し品を連想させる。実際はそうではない。路子が独自捜査用に購入したものだ。本物である。

「あの……私、自分でつけます」

琴美が顎を引いた。

「小野里さんに資金繰りを頼まれたのは？」

路子は眼に力を込めた。

「もう、美枝さんも、小野里さんもいなくなってしまったのですから、いいですね。『エイトヘブン』の八神（やがみ）社長です」

「エイトヘブン？」

「芸能プロです。モデルエージェンシー兼CM制作会社です」

すぐにスマホをタップしその社名をタップした。ホームページがあった。設立して五年の新興プロで社長の八神貴之は三十五歳とある。小野里とは同年代のようだ。

オフィスは元赤坂。

雷通の営業マンとモデルエージェンシーの経営者。

個人的な金の行き来があってもなんら不思議ではない。

「いろいろありがとう。助かったわ。お店は、どのぐらい休むのかしら？」

「今日と明日みたいです。店名変えて、店長も変えるみたいです。私たちの源氏名もすべて変更って、さっきメールありました。たぶんジーナのことを聞かれても、前にあった店のことは、わからないってことにするんだと思います」

琴美が笑って、肩を竦めた。

水商売は、店も、そこで働く者たちも、変わり身が早い。

だが、ちょいと、早すぎるのではないか？

路子は若干の違和感を持ちながら席を立った。

5

「雷通内の小野里の評判はさほど芳しくない」

毎朝新聞の川崎浩一郎が、真冬の日差しが眩しいのか、サングラスを掛けた。この季節は、やたら空が低く感じる。

杠葉総合病院での事故から六日後。路子たちは銀座シックスの屋上にいた。二月十六日のことだ。

路子の少し大きめの濃緑色のミリタリージャンパーが風に揺れる。ボトムスはブルージーンズ。家の近所で打ち合わせということもあり、普段着だ。川崎は、横須賀の古着屋で買ったという黒革のブルゾンにベージュのチノパン。ふたりとも、銀座らしくはなかった。

バレンタインセールも終わった平日の午後の二時ということもあって、屋上の人出はまばらだ。

「よく言う、キャバクラ弁慶だったのかしら」

キャバクラ弁慶——夜の街で、やたらと自分を大きく見せようという輩だ。だいたいにおいて、夜の街にやって来る堅気は、実際の仕事内容よりも、大きく吹聴するものだ。母の店に来る客にも多い。

「たぶんな。社内でも、大口ばかりを叩いていたようだ」

川崎がハンチングの庇をあげる。正面のビルを眺めたままだ。

「例えば？」

「営業部で広告を取る仕事なんて、自分には小さすぎる。事業局に異動して、企業間のM&Aを担いたいと、同僚には吹聴していたようだ」

「まるで証券マンか商社マンね。どんなM&Aをしようとしていたのかしら」

路子も正面を見据えたまま言った。向かいのビルで働く人たちの姿が見えた。

「雷通は広告代理店というより、かつての商社さ。民間企業の広告を扱い、十五パーセントの手数料で儲けるようなビジネスからはとっくに卒業している。国家的事業にいかに食い込むかしか、彼らの頭にはないのさ。だから、雷通内の出世争いも、顧客の拡大ではなく、新規事業の創出にシフトしている。雷通は、日本の芸能プロの東南アジア進出、テレビドラマの欧米進出を画策するプロジェクトをいくつも立ち上げている。小野里の任務は、その後押しをするためのスポンサーをまとめ上げることだったが、東京オリンピックの延期に伴う協賛企業の負担増などが重なり、思うようにいっていなかったそうだ」

「派手な接待は、スポンサーを繋ぎとめるため？」

「恐らくそうだろう。ただ、上手くはいっていなかった。新型コロナウイルスの蔓延で、事業規模を縮小しなければならなくなった企業のほうが多い。この時期、海外進出の企画への投資マインドは極端に弱まったと言っていいだろう。小野里の大言壮語は、社内でも完全に浮いていた」

　それにもかかわらず、接待に明け暮れていたとは、どういうことだ。

「芸能プロ『エイトヘブン』の社長、八神貴之と昵懇だったようだわ。一緒に飛び降り自殺した斉藤美枝に店を開かせるための資金提供を持ちかけている。たぶん、エイトヘブンのモデルの起用を交換条件にしているんだと思うけど」

　四日前に仕入れた情報を伝えた。

「金に切羽詰まっていたのだろうさ。接待交際費は止められていたはずだ。なんでもいいから、どこからか、金を引っ張り出す必要があったと思われる」

　風が強くなってきた。それも凍てつく風だ。川崎が、くるりと踵を返し、屋内を指さした。

「金に切羽詰まっていた根拠は」

　エレベーターホールに向かって歩きながら訊いた。風に吹かれ自慢のロングヘアが様々に変化する。

「トクトミ自動車で、小野里によく接待されていた和島正彦という男に当たった。経済部のトクトミ担当を通して無理やり引っ張り出したんだ。記事にはしない約束で聞いたところ、どうやら小野里は、銀行や信販会社から相当な額の個人融資を受けていたらしい。世間的に名の知れた雷通の社員だし、年収も多かったことから、二千万の融資枠を持っていたそうだ」

「生きている間に知り合いたかったわ。私が貸して、コントロールしたのに。そうしたら雷通の情報をどんどん抜けたのに」

「そうしたら、奴も死なずにすんだのにな」

「要するに仕事と金の両方に行き詰まっていたということね」

エレベーターで一階に下りて、銀座通りを新橋方向に歩く。川崎は、この先にある『銀座パウリスタ』でネタ元と会うそうだ。

「そういうことだ。だがひとつ気になることがある」

「なに?」

「小野里は、はしゃいでも、さほど酒は飲まなかったそうだ」

「それが、どうしたの?」

「警察情報によれば本人の酒量は度を越している。そんなに飲んだら、杠葉総合病院の外階段を上って、なおかつ柵を越えて屋上に出るなんて無理だと思う。実際、俺も、さほど酒には強くない。ある一定のラインを越えたら眠くなるだけだ。酒が強い、あんたにはわからない話だろうな」

「いや、誰でも、一定量を越えたら、動けなくなるわ」

そこで、銀座パウリスタの前に着いた。日本で最初にコーヒーを提供した喫茶店と言われている。

「もう少し小野里について、探ってみる。永田町に詳しいネタ元を待たせてある」

川崎が、親指を店のほうへ向けた。

「政界とも接点が？」

思わず、立ち止まって訊く。もし、そこに何かあれば、偶然ではない可能性が、一ミリほどだが芽生えてくる。

「小野里は、前首相の後援会パーティの請負なんかも仲介していたそうだ。直接仕切っていたわけではないが、パーティに無料出演出来る芸能人のブッキングやホテルやイベンターと裏交渉をしていたという噂を、政治部から聞き込んでいる。俺の永田町のネタ元にその件を、当ててみようと思う」

川崎が寒そうに肩を震わせた。

当てるとは、記者が裏を取るために、得た情報を別な第三者にぶつけてみるということだ。やり方としては、警察と同じで、遠回しに当てるらしい。そこから、さらに、深い情報が飛び出してくることもある。

「気になるところね」

「何か摑めたら、すぐに『ジロー』に行くさ」

路子の実家であるクロスビルは、八丁目の信号を、日比谷側に渡れば、すぐだ。五階にスナックジローがある。

「ビールでも引っかけて待っているわ。電話ちょうだい」

川崎と別れ、八丁目の信号へと進んだ。突風に何度も煽(あお)られる。

歩きながら、小野里と美枝の飛び降り自殺について思いを巡らす。

どう考えても問題なかった。

仕事に行き詰まった男と、その男に惚れこんでいた女の、同意心中だ。よくある事件(ケース)だ。

だが、どこか腑(ふ)に落ちない。

三文小説、あるいはワイドショーの再現ビデオを見ているような錯覚を覚えるのだ。

気のせいだろうか？

八丁目の通りを渡って並木通りへと進み、クロスビルへと向かったところで、尻ポケットの中のスマホがバイブした。ヒップを撫でられる感じで震えている。

取り出すと、富沢からだった。ケツがざわついた。

『捜査資金は用意出来た。いつものロッカーだ』

淡々とした声だった。

「了解しました。一課は？」

『先ほど事故の報告書を上げて、飛び降り自殺に関しては落着させた。昨日、両親の立会いの下で捜査した板橋の斉藤美枝の部屋から、明峰大学への受験票と、毎月百万円の振り込みが記帳された通帳が出たそうだ。すべて小野里隆からの振り込みだそうだ。片や晴海の小野里のマンションからは、借金の督促状が十通ほど出たと、殿井が聞き込んできた』

この裏付けはほとんどダメ押しに近い。

「引っかかりますね。裏付け証拠が揃い過ぎです。ヤクザが、きっちり仕事をするときに似ていませんか？」

『どこが気になる？』

「わざわざ小野里の名前で、送金していることです。普通、名前変えるでしょう」

『同感だ。だから、黒須にも資金を送った』

「部長もだいぶ勘がよくなってきましたね」

路子は、左に曲がり、新橋駅へと向かった。

銀座線で赤坂見附に出る。紀尾井町にあるタワーマンションへ向かう。オートロックが解除され、ロビーに入った。

郵便受けコーナーの宅配ロッカーへと向かう。暗証番号を押した。紙袋がひとつ入っていた。中にはさらに大手通販会社の段ボール箱。現金二千万が詰まっているはずだ。

俳優、石渡源太郎名義のロッカーだ。スナックジローの顧客のひとりで、このマンションの最上階に住んでいる。セキュリティの良さでは万全だ。勝手に使う許可はもちろん得ていた。

せっかく赤坂見附まで来たのだ。

芸能プロ『エイトヘブン』を張らない手はない。

あまりにも出来過ぎた心中の動機が、路子の気持ちを波立たせていた。

こういう手を使うのは、ヤクザだけではない。

富沢に見せられた、祖父、黒須次郎と平尾の父正一郎が並んだ写真が頭に浮かんだ。

一九六六年六月吉日。

何があった？
先にキャピトルホテル東急に行ってみたくなった。

第三章　禁区

1

「組対部の機密費が動きました。二千万とは大きいですね」

及川聖子は、パソコンのデータを指さしながら、上司の中林嘉津雄(なかばやしかつお)に注進した。中林は警視長だ。

事務部門専用階の最奥にある人事部監察室。

そのさらに奥まった位置にある、ガラス張りのデータ管理室には、ごく限られた者しか入室出来ない。警視庁内のすべての人事データと会計データが蓄積されているからだ。

聖子は、監察室次長の中林から特別許可を得ていた。

「会計課を通してかね？」

中林が聖子の背後に回ってきた。

「いいえ。銀座の『間宮貴金属』が一枚嚙んでいるようです」

各部門の捜査機密費は、警務部とはいえ、おいそれとチェックすることは出来ない。

機密費は、部長の自由裁量で使うことが出来、使途に関しても報告の義務はない。

まさに機密費なのだ。ただし、年間の予算は決まっている。

「どういうことだ？」

「闇処理した事案で、犯罪者の隠匿物資、例えばゴールドとかプラチナをネコババしていたんです。すべて黒須の仕業でしょう。その金の大半が、間宮貴金属で洗浄されていたんです」

一年かかって調べ上げたことだ。聖子は、小さく胸を張った。

黒須は、銀座生まれの銀座育ちだ。したがって銀座の老舗銘店の大旦那、若旦那衆などにも特殊な繋がりを持っている。

通称『銀座コネクション』。

言ってみれば、現代の特権階級だ。代々続く家業を守ってきた連中だが、生まれながらにしての資産家でもある。

聖子はそういう連中が嫌いだ。

そして、その銀座コネクションを自由に操る黒須路子は、本当に鼻持ちならない。長年の付き合いの中で、単に彼らの弱みを握っているのに過ぎないのだ。

嫉妬といえば、それまでだ。

私は、ひたすら努力して、警視庁のキャリアになった。人の弱みに付け込み、奔放に生きる黒須路子など潰してやりたい。

「及川、黒須が押収すべき犯罪資金のネコババをしていたという確固たる証拠はあるのか？」

「まだです。ですが摑んでみせます」

「証拠なしに、下手に動いたら、とんでもないことになるぞ。上層部には、黒須ファンが多い。特に総監は、黒須贔屓だ。下手を打ったら、俺やおまえも飛ぶぞ」

中林が唇を嚙んだ。この男も黒須に対して怨念を持っていることは明らかだ。

現在の総監派閥に中林は入っていない。黒須に潰された、ＯＢを中心とする守旧派派閥の一員だったのだ。

「心配には及びません。この一件が明るみになると、富沢部長とて、ただでは済みません。黒須が不正に手に入れた裏金の運用を手伝っていたということになりますからね」

聖子は、パソコンを消して、立ち上がった。

「長谷川刑事部長も、政治資金に踏み込み過ぎている。ひょっとしたら、総監派閥の部長ふたりが飛ぶことになるかな」

中林が、瘦せこけた頰を搔いた。

「私は、監察官として、自分の仕事をするだけです。庁内力学とは関係ありません」

監察官とは、警察官の不正をただす仕事だ。

現場からは、イヌと呼ばれる嫌われ者。同じく内部の者をも監視する公安刑事と似ている。

公安に行きたい。それが、聖子の希望でもあった。

「次長。黒須路子を集中管理したいのですが」

集中管理とは二十四時間、三六五日、監視し続けることだ。

「難しいな」

中林が顔を横に振る。

「私のここまでの調査で、彼女が関東泰明会や毎朝新聞の記者を独自の捜査に動かしていたのは、わかっています。黒須機関などと言って、反社や民間の報道機関の人間を使って違法捜査をしていることは明白です。ですが、私もすべてを同時に張ることは出来ません」

実はここまでの情報は、公安刑事から聞き出したものが多い。情報元は、同期の外事（がいじ）二課の麻生恒彦（あそうつねひこ）。正義感の塊のような人物で、聖子は、この男を密かに慕っていた。

麻生によると、公安の中にも黒須路子を疎（うと）ましく思っている人間がいるということだ。

「いや、他の監察官を出したら、筒抜けになるだけだ。まずは、隠密裏（おんみつり）に不正の証拠を暴き出せ。そうしたら、警務部長に上げる」

警務部長も総監派閥ではない。

「わかりました。では、私にもしばらく自由行動の許可を」

「隠密裏と言ったはずだ。正式な命令など出せん」

中林が、鋭い視線を寄越した。この男こそ、典型的な霞が関官僚だ。保身しか考えていない。黒須を倒すには、それでは勝てない。

「わかりました。結果だけを報告します」

聖子は、そう言って退出した。

隠密裏に動くならば、公安の麻生と共に行動したほうが、得策だ。庁内の嫌われ部門同士、監察官と公安刑事。カップルとしても悪くないと思う。

聖子は、麻生から教えられていた特別な番号に電話することにした。彼とは、常に警視庁の管轄外で会うことにしている。

今夜もそうなるだろう。

2

芸能プロ『エイトヘブン』のビルを見上げた。かなり古い、地下一階、地上六階建ての細長いビルだが、エイトヘブンは一棟まるまる借り上げているようだった。

地下は、自前のライブクラブ『ショーケース』だ。ここで、様々な新人タレントのお披露目(ひろめ)をするらしい。

路子は、ネットで検索したエイトヘブンとその総帥(そうすい)、八神貴之についての情報を脳内で反芻(はんすう)していた。

八神貴之についての掲示板が立っており、その書き込みの信憑(しんぴょう)性はともかく、一定の人物像は浮かび上がってくる。

掲示板の内容をまとめるとこんな男だ。

八神は、半グレ集団『マリオ』の元幹部で、十年前は西麻布で会員制のバー『Y・good』を経営していた。集まるのはマリオの幹部や芸能人、プロスポーツ選手、ベンチャー企業の経営者たちだ。

そこに、マリオのメンバーが六本木、西麻布界隈でひっかけた女たちを連れ込んでは、著名人たちへの貢物（みつぎもの）にしていたという。

マスターのＹ・Ｔにテキーラやウォッカの一気飲みを迫られ、泥酔させられたところで、サッカー選手や有名俳優に輪姦（まわ）されたという女の告白も、いくつかあった。

後に女優として有名になり『エイトヘブン』の看板となったＨ・Ａも『Ｙ・ｇｏｏｄ』の常連で、八神の愛人だったとも。Ｈ・Ａとは、今年の大河ドラマで準主役を張った花村（はなむら）綾乃（あやの）のことであろう。

往々にして、これらの書き込みには、有名になった者や成功者に対する嫉妬による中傷が多い。

したがってそこら辺は、割り引いて読むべきだが、八神が元半グレ集団の幹部で西麻布の会員制バーの経営者だったということは、事実のようだ。

この十五年、芸能界で成功したベンチャー経営者の典型的な経歴だ。

エイトヘブンが設立された十年前と言えば、八神も小野里もまだ二十代だ。半グレの幹部という立場で水商売を始めた八神は、すでにその時点で、相当な力があったと思われるが、小野里のほうは、雷通内ではまだ若手の使い走りに過ぎなかったはずだ。

雷通は外から見る以上に、封建的な企業である。二十代の社員はひたすら滅私奉公を強いられる。その修業を経て、三十代から大きな裁量権を与えられるようになるのだ。

二十代の小野里が夜更けに西麻布界隈をうろついていたことは容易に推測出来るが、当時の小野里には、まだモデルのＣＭ起用などに関する権限はなかったはずだ。

ふたりが急速に親しくなった接点がどこかにあるはずだ。

尻ポケットでスマホが震えた。引っ張り出すと、二時間前に別れたばかりの毎朝社会部の川崎からだった。

『おいおい、小野里は、大学時代から財界や芸能界と繋がっていたぞ。やつは、首都圏の大学を束ねるイベントサークル「スーパーセッション」の共同主宰者だったんだ。雷通に入社出来たのも、そのときの力量が認められたものだ。摑んだのは、それだけじゃない……』

川崎の声は、珍しく上擦っていた。

『スーパーセッション』は、サークルと呼ぶには度を越した巨大イベント団体で、首都圏のみならず全国の大学のイベントサークルをその傘下に収めていた。

都内のクラブで数千人単位のイベントを仕掛け、本職の興行会社も舌を巻くほどの大物海外ゲストを呼ぶことで知られていた。

数万人の大学生、高校生に影響力を持つことから、市場調査や新商品の買い取りにも一役買っていたという。

半面、ごく少数の一流大学幹部が利権を独占し、Ｆランク大学や地方大学のメンバーはチケット販売のノルマを押し付けられたり、女子大生やＯＬの動員を義務付けられたりもしていたそうだ。

『スーパーセッション』と聞いて、高級会員制バーやカラオケ店での集団レイプ事件を思い起こす人も多いはずだ。

悪徳イベサーはその当時から半グレと繋がっていたはずだ。

西麻布の会員制バーと聞いて、ふと思い出した。

斉藤美枝は、キャバクラ『キャロル』に移る前は、西麻布の会員制バーで働いていたと聞いた。そこに関連性はないのか？

「ねぇ、それだけじゃないって何？」

そっちのほうが先に気になった。

「永田町への入り込み方も、なかなかのものだ。前総理の妻のサークルに入り込んでいた。イベサー時代からのノウハウをここでも活かしていたようだ」

「大スクープじゃない。秘書の内部告発？」

路子は冷やかした。

「ネタ元は永田町専門のトップ屋だ。保守言論誌やネットニュースで活躍している連中だが、書けないことは、俺たちに売る。今日は十万円かかった。もっと他にもあるから、請求していいよな」

「いまから赤坂に来てくれたら即金で払うわ。それに今後の取材費もいくらか用意しておくわ」

手に持った紙袋に視線を落としながら伝えた。

「それは、助かるね」

「でも、トップ屋さんの情報って、真に受けていいものなの？」

「新聞記者の俺の目から見ても大丈夫な奴を選んで接触している。奴らのネタ元は、実は、大物政治評論家なのさ。それも、総理や官房長官、各省庁から官邸入りしている補佐官と日常的に面会している評論家さ」

テレビで官邸寄りの発信をする何人かの評論家、ジャーナリストの顔が浮かぶ。フリーの高名な評論家やジャーナリストは、完全に右派か左派に割れている。その立ち位置が鮮明なほど、テレビは起用しやすいからだ。

そして現政権は右派との接触が多い。

「書けないけれど、間違いのない情報を売るというわけね。印象操作に利用されるということはないの」

官邸が、側近ジャーナリストを使って情報をリークし、大新聞にスクープさせるという戦略もあるだろう。

「それを見極めるために黒須機関に俺がいるんじゃないのか」

川崎の声が尖った。

「ごめん、そうだったわね」

毎朝新聞社会部の川崎が、確度が高い情報だと言っているのだ。それ以上の信用保証はない。

「小野里の『スーパーセッション』時代の仲間の多くは、飲食業界やＩＴ産業に流れているが、観光業界にもずいぶん就職したようだ。いかに有名大卒で、一流企業に就職していてもあのサークルに関わっていた連中は、脛にいくつも傷を持っているはずだ」

「そのぶん、学生時代から各界にコネがあると言えるわね。政治家や官僚にも女を食わせていたでしょう。観光業界か……これちょっと禁区に足を踏み込むことになるかも」

喉が渇いてきたので、ガムを放り込む。こんなときにパイナップル味。酸っぱい。

「幹事長の渡邊裕二か」

川崎がズバリその名を口にした。

「そう。渡邊は観光事業推進議員連盟の顧問よ。ＧＯＯＤトラベルキャンペーンの旗振り役でもあるわ」

警察がもっとも神経をつかう捜査先。それが与党民自党だ。

立ち入り禁止区域。略して『禁区』ともいう。

「とにかく、そっちに行く。分析してみたい事項がいくつかある。赤坂のどこへ行ったらいい？」

「一ツ木(ひとつぎ)通りのいつものイタリアンレストラン。テラスで待つわ」

二月の寒空に、オープンテラスはきついが、換気のよさは、屋外が一番だ。とはいえいまは風邪をひくのも憚(はばか)られる。

「三十分で着くだろう」

「了解」

それで電話を切った。

目の前のエイトへブンから、社員らしき者が出て来たなら、尾行してみようと思ったが、いったん中止だ。

路子はレストランに向かうため、一ツ木通りを奥へと進んだ。背中から夕陽になりつつあった。

赤坂サカスのほうからやってきた黒のレクサスとすれ違った。

スモークガラスに夕陽が当たり、後部席に座る中年男の顔の半面が見えた。驚いたことに路子の知っている顔だった。

警視庁総務部広報課長、武田正道。警視庁の情報発信元であり、かつイメージアップのために様々な印象操作を仕掛ける達人と言われている。武田のほうは正面を見据えていたままなので、路子に気づいた様子はない。

内勤者の武田が、こんな黄昏時(たそがれどき)に赤坂とは何用であろう。酒席にしても早すぎる。思わず振り返り、公用車の行方を見守った。

「！」

どういうわけか、武田を乗せた公用車は、エイトヘブンのビルの前で停車した。信号待ちで列が出来たわけではない。明らかにあのビルの前に停車している。

路子は、立ち止まったまま、その光景を見やった。コンビニの前だった。

エイトヘブンのエントランスからひとりの男が出て来た。背の高い男だ。路子は、その顔を凝視した。スマホを開いてエイトヘブンのＨＰを確認すると、代表取締役社長・八神貴之の人相と一致した。

グレンチェックのオーバーコートに黒のマフラー。マフラーというよりもストールで、いかにも芸能プロの若手社長といういで立ちだ。

八神の背後から、黒いスーツを着た屈強そうな男が三人ついてくる。社員の芸能マネジャーなのか、それともボディガードなのか。どちらにも見える男たちだ。

八神は、目の前の公用車を一瞥(いちべつ)したようだが、その反応までは読み取れなかった。そのまま逆側に歩いてきた。路子は反射的にコンビニの入口に身を寄せ、八神の視野からは逃れた。

路子の前を一台の白いアルファードが行き過ぎ、警視庁の公用車の真後ろにつく。スライドドアが開くなり、八神が乗り込んだ。背後の三人は、深々と頭を下げた。まるで極道の親分の見送りだ。

八神がアルファードに乗り込むと同時に、黒い公用車が前進した。

関係があるのか？

警視庁の広報課長と元半グレ幹部の芸能プロ社長。距離があり過ぎる組み合わせだ。

二台の車は、突き当たりの青山通りを左折して消えた。

川崎をうっちゃり、アルファードを追尾したかったが、間が広がり過ぎた。武田に、自分を認識される可能性もあるので、ここは思いとどまった。

やはり小野里の飛び降り自殺には何かが臭う。

金田潤造が巻き込まれたのは、偶然の事故以外に考えられないが、路子の胸底では、得体の知れない不気味さが湧き上がっていた。

まずは、川崎の話を聞こう。

路子は、木枯しの舞い始めた夕暮れ時の一ツ木通りを、赤坂サカス方向へと進んだ。

3

それにしても黒須路子というのは不思議な力を持った女だ。

新橋駅の改札口を通り、銀座線ホームへと続く階段を下りながら、川崎浩一郎は、つくづくそう思った。

出会ったのは、路子が明石町の中央南署にいた頃で、署員に金を貸して利息を稼いでいる女刑事がいるという噂を聞きつけて、張り込んだのがきっかけだった。

事実、路子は署の目の前にある喫茶店や銀座の大通りで、堂々と仲間の刑事に封筒を渡していた。

さらに驚いたのは、明らかに反社勢力と思われる者や情報提供者にも金品を渡しているのだ。明らかに違法捜査だ。

川崎はその現場の盗撮にも成功した。

当時の中央南署の岸部(きしべ)署長に密告し、抜きを一本回してもらおうかとも考えたが、路子の捜査能力の高さを買い、直接本人に圧(プレス)をかけてみることにした。

そのほうが何度も使える情報源になりえると判断したからだ。

脅しをかけたあの夜のことは、今でも鮮明に覚えている。

路子がよく顔を出すという銀座五丁目の老舗バーで待ち伏せた。写真を見せたのだ。

「刑事が金貸しのような真似をしたらまずいんじゃないか？　貸金業の許可がなければ闇金だろう」

路子は、写真をまじまじと見て「まぁ、一杯飲みなさいよ。奢るわよ」と、鷹揚(おうよう)にのたまいやがった。手に落ちたと思った。

刑事と記者の仕事は似ているなどと世間話をしながら、お互いハイボールを二杯空(あ)けたところで、逆リーチを食らった。

「川崎さん、経済部長の秘書、金子由美(かねこゆみ)さんと出来ているわね。上層部の情報はここから取っているというわけね。それと都庁の都市開発推進室の女子事務員、早川香純(はやかわかすみ)とも、やりまくっているみたい。どう、ふたりとも擦り心地は良かった？」

いきなり二枚の写真を見せられた。

一枚は経済部長の秘書、金子由美と帝国ホテルのフロント前に並んでいる写真。もう一枚は、都庁の早川香純と歌舞伎町二丁目のラブホから、腕を組んで出て来た瞬間の写真だ。

「毎朝新聞と都庁に、ばら撒きましょうか？」

「いつの間に」

顔面を凍りつかせながら、必死で口を動かしたものだ。

「だから、刑事と記者の仕事は似ていると言ったでしょう。暴(あば)くのが仕事。ただし立件するのも記事にするのも、真実を知った者の裁量権に委(ゆだ)ねられるものよ」

双方の手持ちカードを天秤にかけた場合、どうみても路子のほうが目方が重かった。

「ギブアップだ」

素直に負けを認めると、路子は小さくガッツポーズをしてみせた。大胆なことをしている割にはお茶目な女だと思った。

「私、素直に負けを認めた人には、ちゃんと挑戦者賞をあげることにしているの」

路子がトートバッグから茶封筒を取り出した。

「俺は、金なんか要らないぜ。あんたには二度と挑戦しないが、記者としての情報を売る気もない。それでもその写真で脅すなら、退職するまでだ」

川崎は、記者としての矜持まで捨てるつもりはなかった。

「退職して、何をやるの？」

「俳優でも目指すよ。歌手とかね」

もはや、破れかぶれだった。

「それもありかもしれないけれど、この封筒の中身を見たら気が変わるかも。お金なんかじゃないわよ」

路子がカウンターの上で、すっと茶封筒を滑らせてきた。即座に俳優を否定されなかったのが、どういうわけか嬉しかった。

茶封筒を開けて驚いた。

Ａ４レポート用紙五枚。

そこには、毎朝新聞編集局長である朝川利光の情報がびっしり書き込まれていた。反社や政権与党との裏取引、親密にしている銀座ホステスや祇園芸妓とのツーショット写真なども数枚、挟み込まれていた。

秘書の上田七瀬との関係を示すレポートや写真もあった。さらにその七瀬の六本木のホストとの行状など、どうぞ揺さぶってくださいといわんばかりの情報が満載されていた。

あの夜から、川崎は黒須機関の情報担当となったのだ。

脅かされたわけでも、新聞社内での出世の小道具を貰ったからでもない。

あの女、面白いのだ。

『悪党をやっつけるのって楽しくない？　正義なんてどうでもいいの。相手が悪党なら、とことん罰を下しても、天は怒らない。私はそう思っている。だから、相手がごめんって泣いても私は撃ち殺す』

この一言に、まいった。命懸けの仕事を楽しむとはこのことだ。

駅に着いた。

東京メトロ銀座線。新橋駅。

鉄の匂いと共に、渋谷行きの電車がホームに滑り込んできた。

ちょうど帰宅時とあって混み合っていた。新型コロナウイルス感染拡大の影響でオンライン業務も普及したというが、通勤時と帰宅時の電車は依然として混んでいる。サラリーマンが集中して働く時間は、ほとんど同じなのだ。

川崎はマスクの歪み（ゆがみ）を直した。

新橋から赤坂見附までは、中二駅だ。すでに一つ目の虎ノ門（とらのもん）駅のホームに到着し、扉が開いた。

次の次だ。降車客は少なく、逆に乗車客がどっと押し寄せてきた。辛抱するしかあるまい。

川崎は身を縮めて耐えた。

やけに巨軀（きょく）で屈強そうな男たちが周りを取り囲んできた。四人いる。

いずれも身長一七三センチの川崎よりも頭一つ高く、肩幅は断然広い。プロレスラーが、ビジネスコートを着ている感じだが、その面構え（つらがま）えに堅気の気配はない。

正面に立つひとりはスキンヘッドで、残りの三人は黒髪のオールバック。

サラリーマンの帰宅電車には似合わない獰猛（どうもう）な気配を持った男たちだ。

面倒くさいことに、巻き込まれたくない。

川崎は、出来るだけ目を合わせないことにした。

「溜池山王（ためいけさんのう）、溜池山王……」

次の駅を伝える車内アナウンスが流れたときだった。

いきなり背後から尻を蹴とばされた。チノパンに包まれた尻の割れ目に丸太のような膝頭（ひざがしら）がめり込んでくる。

「くっ」

振り返って反撃するべきか、それともここはむしろ大声を上げて、他の乗客たちへ己の危険を知らせるべきか。

その逡巡する間がいけなかった。

考える余地もなく目の前の男が、腹部に膝蹴りを見舞ってきた。

「ぐえっ」

銀座で飲んだばかりのコーヒーを噴き上げた。パウリスタのコーヒーだ。

マスクが大きく膨らみ悪臭が鼻を突く。鼻の孔にまで、吐瀉物が侵入してきている。

大きな声を上げなければならない。

だが、そう思ったときには、すでに右側にいた男に、マスクの上から口を押さえられていた。マスクだけでも息苦しいのに、さらに押さえ込まれて、窒息しそうだ。

前後左右を巨軀の男たちに囲まれているせいで、他の客たちの視線からは遮断されている。

抵抗するより手がないようだ。

川崎は、咄嗟に口を押さえている手袋に、思い切り嚙みついた。前歯は大枚かけてインプラントにしてある。自分のほうに痛感はない。

確かな歯ごたえがあった。手のひらの中指の付け根のあたりのようだ。

「うっ」

顔の上で、右側の男が呻き、圧迫がわずかに緩んだ。奥歯に替えた。やはりインプラントだ。硬い林檎も快適に嚙める奥歯だ。親指の付け根を狼になったつもりでガブリとやった。奥歯が皮膚を裂き、肉に食い込んだ。

「うぅううう」

手袋が口から離れた。右側の男は、嚙まれた手を懸命に振っている。

電車が溜池山王駅のホームに滑り込んだ。停車と同時に鮨(すし)詰め状態の乗客が揺れ、多少の隙間が出来た。

川崎は腹部の痛みに耐えながらも、総身(そうみ)を激しく揺さぶった。格闘の覚えはない。無手勝流(むてかつりゅう)に、両手両足を振り回し、四人の男たちを殴り、蹴った。

「うぉおおおおおおおおっ」

あえて大声も上げた。とにかくこの場から逃げなければ、二度と普通の生活に戻れないような恐怖感を得ていた。

——ヤクザだ、助けてくれ！

そう叫ぼうとした瞬間、左の頰にスキンヘッドの男の肘が飛んできた。左眼の下、鼻梁(びりょう)の脇が炸裂(さくれつ)した。頰骨が砕ける音をはっきり聞くと同時に、視界からすべてが消えた。

闇だ。

意識は微(かす)かに残っていた。身体がまっすぐ前に倒れるのがわかった。

電車はまた動き出したようだ。

左側の男が、いきなり口になにかを挿し込んできた。唇と前歯をこじ開けられる。ガラスの輪のような感触。強いアルコールの臭いと共に、液体が噴き上がってきた。どうやらウイスキーボトルを振り立てているようだ。

ゲボゲボゲと咽せる。

口にウイスキーボトルのネックを挿し込まれたまま、背後の男から尻を蹴り上げられた。

「んんんっ」

ボトルネックが、喉の中まで食い込んでくる。死ぬほど苦しい。スキンヘッドの男はウイスキーボトルをアッパーカットのように振り上げ続けているようだ。

前屈みではあるが、徐々にアルコールが食道から胃袋に流れ込んでくる。尻も蹴り続けられる。周りの客は誰も気づいてくれない。

「赤坂見附、赤坂見附……」

車内アナウンスが微かに聞こえた。意識が次第に遠のいていく。

「酔っぱらいなもんですみません。通してください」

四人の中の誰が言っているのかはわからない。とにかく自分はホームに引き出されたようだ。そう想像したところで、完全に気を失った。

4

イタリアンレストラン『ボーノ』のオープンテラス。

扇風機付きのガスストーブから吹く温風に頬を撫でられながら、路子は川崎を待っていた。

新型コロナウイルスが蔓延していることもあり、帰宅ラッシュ時の電車を避けたのかもしれない。タクシーの場合、渋滞もあり得る。そんなことを思いながら、ペローニをボトルで飲んだ。イタリアの代表的なビールで味はライト。エメラルドグリーンのボトルが気に入っている。

イタリアには行ったことがない。けれども一番好きな国だ。ナポリのアパートのベランダで、海や通りを眺めながら、ペローニを飲んだら、最高だろう。アテはオリーブオイルのたっぷり染みたアヒージョだ。本当にコロナ禍が早く収束して欲しいものだ。

陽はとっぷりと暮れていた。

テラスからは一ツ木通りを行き交う人たちの様子が見える。例年のバレンタインの時期と人出はさほど変わらないように見えるが、やはり浮かれ具合が違う。

中年のサラリーマンの姿は皆無で、路子と同年代らしき若いビジネスマン&ウーマンも単独で歩いている人が多い。

もちろん、気のせいかもしれないが、少なくとも今夜はそうだ。

小腹が空いたのでマルゲリータピザを齧りながら、なにげに、エイトヘブンビルのほうを眺めていた。ビルそのものは見えない。

いずれ川崎がその方向から歩いてくるであろう。

ほろ酔い気分で、政界と芸能界について思いを巡らせた。

一ツ木通りのエイトヘブンビルを眺めに来る前に、路子はキャピトルホテル東急に寄ってきた。

警察手帳を見せず、一般客を装い、銀髪のコンシェルジュに一九六六年の六月に、このホテルで何かあったかと訊いてみた。

「ビートルズが宿泊しました。東京ヒルトンホテルと名乗っていた頃のことでございます」

老コンシェルジュは、即座に答えた。それも胸を張ってだ。

このホテルにとって、それがどれほど重要なことか思い知らされる。

ビートルズ来日は、警視庁においても、その警備規模の凄まじさは、現代でも語り草になっている。

一介の芸能人に対して、後にも先にも例のない態勢だったようだ。

「国賓並みだったとか」

「はい、当時としては、アメリカ大統領以上の気の遣いようだったと思います。当ホテルを語るとき、必ずついてまわるのが、ビートルズの宿泊です。マリリン・モンローは日比谷でしたが、ビートルズは赤坂でございました」

伝説の語り部のような口調だった。

祖父、黒須次郎と当時の興行界の後ろ盾となっていた政治家・平尾正一郎が並んで写っていたのは、そのビートルズの来日に関わっていたからではないだろうか。

紐解いてみたい。

政界、芸能界、それを繋ぐ極道や半グレ集団……キーフレーズが頭の中でグルグル回り始めた。

何かを摑めそうで、摑めない、もどかしさに苛立ってきた。

それにしても川崎は遅い。腕時計を見た。すでに三十分も遅れている。時間に正確な記者としては珍しいことだ。

川崎のスマホにこちらからかけてみる。シンプルな呼び出し音が鳴り続けた。六回目で留守録に切り替わる。

『「ボーノ」のテラスは、そんなに寒くはないけれど、いつまで待たせる気？』

それだけ伝言して切った。

すると、十秒ほどでメールが入ってきた。川崎の符牒である『竹橋』の発信名だ。路子は、すべて相手の住所か勤務先を符牒にしている。

【満員電車なので出られなかった。すまない。あと十分でそっちに着く】

なるほどそうかと、ペローニを飲み直した。ビールは夏よりも冬飲みのほうが好きだ。渇いた喉に心地よい。

飲みながら、再び芸能界と政界について考える。

ぼんやり眺める赤坂の街にエイトヘブンの八神貴之の顔が重なって見えた。続いて警視庁広報課長の武田正道。繋がりはあるのか？

あるとすれば、広報ポスターのモデル、所轄の一日署長、啓蒙イベントのゲスト。広報課と芸能界の接点と言えば、そんなところか。

ちなみに警視庁音楽隊も広報と同じ総務部に所属している。かつては、警官や職員の中で、楽器の出来る者から選抜されていたものだが、最近は芸大や音大で専門的に学んだ者が音楽隊に配属されることが多くなった。したがって国立音楽大学卒や日本大学芸術学部卒の警察官もいる。いずれもきちんと警察学校で武闘訓練も受けているのだから凄い。

広報の武田とエイトヘブンの繋がりを調べてもらうために、富沢にメールした。部長を使いこなせるかどうかが、部下の力量というものだ。

メールを打ち終わり、顔を上げると、一ツ木通りをこちらに向かってくる集団が見えた。

スーツ姿の男、五人。スカイブルーや、ライトグリーンの明るいトーンのスーツだった。単独で歩いている人々が多いので、五人集団は目立つ。密な連中だ。

極道のプチ練り歩き？

ふと思ったが、そんなことがあるわけがない。

二〇一二年に東京にも暴排条例が施行されて以来、極道の縄張り内での威嚇行為であった集団練り歩きもぴたりとやんだ。だが、その結果、半グレ集団が町で幅を利かせるようになった。

六本木のディスコで、半グレ集団による勘違い殺人事件が起こったのは、奇しくもその二〇一二年の秋のことである。

男たちが、ボーノのテラス前にやって来た。先頭の濃紺にグレーの大き目の格子柄の男が、路子へ視線を流してくる。髪型はツーブロック。細い縁の眼鏡をかけていた。

肩から背中に流している臙脂色のストールが、少しだけ、大きすぎる印象だ。

マスクもスーツに合わせて濃紺とは洒落ている。背後にいる男たちのマスクも色とりどりで、賑やかな雰囲気だ。

いずれも目元が涼し気だ。

このあたりにオフィスを構えるＩＴ系かアパレル系の社員たちか——路子はそう思った。

「パスタでも食べて行こうよ」

ツーブロックの男が、仲間たちに声をかけた。

「賛成」

背後のライトグリーンのスーツにグレーのマフラーをした小顔の男が、返事をし、他の三人に親指を立てた。

男たちがテラスに入って来て、路子の背後の大きめの円形テーブルに着席した。

「赤ワイン。二千円ぐらいのやつ二本。銘柄なんか知らないから、適当に。グラス五個。あとシーザーサラダとビーフステーキ三百グラムを三皿ずつね。五人でシェアするから。パスタはそれぞれ」

そんな声がした。

気取らず、手際のよいオーダーの仕方だ。

それにしても川崎は遅い。路子は、もう一度メールを打った。十秒ぐらいで返事があった。メールだ。

【たったいま一ツ木通りに入ったところ、あと十秒】

思わず舌打ちをしたくなる内容だ。何か変だ。路子は妙な胸騒ぎを覚えた。

「カンパーイ」

若者たちの席が盛り上がっている。

「カツトシ君さ、二本なんてすぐに空いちゃうね」

「でも、二本空ければ充分でしょう」

先ほど先頭にいた濃紺格子柄スーツの男の声だ。カツトシというらしい。

「そうだよね。二本で充分」

カタリと椅子が引かれる音がした。路子は一ツ木通りのほうを睨んだままだった。

直後、頭頂部に衝撃が走った。頭蓋（ずがい）が痺（しび）れる。

ワインボトルが砕けて飛び散る音がする。

自然に頭が前に垂れる。首が無防備のままでまずい体勢だと思った。人間の体の中で、もっとも鍛えきれないのが、頭部と首だ。

「あっ」

首裏の後頭部の付け根のあたりで、もう一本のボトルが炸裂した。息が詰まり、眼がくらむ。路子はそのまま椅子から滑り落ちた。

顔に臙脂色のストールを被せられた。

5

眼を開けても、そこは暗闇だった。身体がまだ揺れている。目覚めたのは、尻がやけに冷たく感じたからだ。

半身を起こそうとするとすぐに気分が悪くなった。

闇の中で嘔吐（おうと）する。何を吐いているのかも見えなかった。アルコールの臭いがするだけだ。胃や腸に鈍痛が走った。ビールしか飲んでいないはずなのに、どっぷりと酩酊（めいてい）しているようだ。

——なんだこれは。

路子は胎児のような格好で、腹を探った。指先が直接、肌に触れた。そこでようやく、自分のブルージーンズが膝まで下げられていることに気づいた。ショーツも同じだ。尻だけ剝き出しにされているのだ。

凌辱されたとか、されていないとかの以前に、尻穴や腸が気持ち悪い。すぐにまた眩暈と吐き気に襲われたので、眼を閉じ、口を開けた。吐いても、吐いても、出しきった感じはない。それどころか瞼を閉じていても、グルグルと回っている感じがする。

どうやら、気絶している間にアルコールを浣腸されたらしい。

――まいった。

肛門から直接腸にアルコールを挿入されたら、ひとたまりもなく酩酊してしまう。極道でもめったに使わない手だ。

一時的に猛烈なパワーが出る覚醒剤を打たれたほうがまだマシというものだ。アルコールではヘロヘロになるだけだ。

路子は痺れる頭蓋の底で、微かに残る正気を叩き起こしながら、状況把握に努めた。

赤坂で出くわした連中は、こうした手口に精通しているということだ。

半グレ？

少し印象が違う。拉致の仕方が冷静過ぎる。

ふと、この手で、杠葉総合病院から飛び降りた小野里隆と斉藤美枝のふたりも、自分たちの意思にかかわらず酩酊させられたのではないかと思った。

気がつくのが少し遅すぎたのかもしれない。

自分が生き残る方法はひとつしかなさそうだ。とにかく体力を回復させることだ。いまはじたばたしても動けない。

寝ている間に殺害される可能性もあるが、いまは少しでも熟睡することだ。酔いが醒めれば、頭はクリアになり、身体も動かせるようになる。

路子は覚悟を決めて、眠ることに集中した。尻は出したままだ。ジーンズを引き上げる気力も残っていなかった。

「起きなよ。黒須さん」

尻を蹴とばされて、気がついた。頭より尻に激痛を感じた。酩酊が少し回復した証拠だった。薄目を開けると、細い縁の眼鏡をかけた濃紺格子柄のスーツの男が立っていた。開け放たれた扉から、陽光が差し込んできているので、男の顔がわかった。カツトシだ。部屋は、六畳ほどで、鉄板に四方を囲まれているだけで何も置かれていなかった。

「げふっ」

酔ったままのフリをして、路子は胃液を噴き上げた。

「汚いなぁ。これ仕立てたばかりなんだから。弁償してもらうよっ」

カットシが、いかにも半グレらしい軽薄そうな声をあげる。

だが違う。この男は、半グレなどではない。すべての動きに隙が無いのだ。無駄なく相手を追い詰めてくる。

路子ですら、気づかなかったほどの演技で接近してきたのだ。拉致(らち)のプロだ。

カットシが、扉の外に向かって叫んでいる。

潮の香りがした。揺れているのは自分が酔っているばかりではなかったわけだ。

ここは海上。船舶だったのだ。

赤坂で見た男たちが四人、入ってきた。四人の手で担ぎ上げられ、船尾に運び出された。

表に出て、はじめて自分が監禁されていたのがコンテナだとわかった。この船は、コンテナが縦に四個積まれた、小型貨物船だった。

ジーンズとショーツを膝まで下げられたまま、船尾に寝転がされる。

デッキの中央で男たちが、緑色のステンレスの箱の中からロープや錨(アンカー)を取り出している。

「溺死体ってさ、畳一畳ぐらいに膨張しちゃうんだって」

カットシが、海を指さしながら言う。

路子は海を眺めた。

真冬の太陽が、藍色の海を照らしていた。波をキラキラと輝かせている。

さすがに、死を覚悟した。

「もう少し、陸地に寄せたほうがいいな。天王洲で落ちた設定だから、あまり沖に出ないほうがいい。出来るだけリアルじゃないとね。不審死扱いされると、面倒だからな。まぁ、問題の多い刑事だから、それもないと思うけど」

カットシが言うとライトグリーンのスーツを着た男が操舵室に向かって走っていった。

東京湾に沈められるらしい。

定番すぎる――いつもなら、そうからかってやるところだが、そんな余裕も消え失せていた。

「おいっ、彼氏を連れてこい」

カットシが叫んだ。

彼氏？

路子は首を捻った。胃袋と腸はだいぶ楽になっている。アルコールへの耐性はもとからあるのだ。一時的ではあるが、爆睡したので、頭もクリアになっている。

要はそれを見せないことだ。

水が飲みたい。

願望はその一点だ。

アルコールの摂取量が多く、また睡眠をとったことで、軽い脱水症状を起こしていた。そのせいで偏頭痛が少しだけあった。

背後のコンテナのスライドドアが開き、ふらふらになった男が両脇を抱えられて出て来た。黒革のジャンパーにベージュのチノパン。ひと目で毎朝新聞の川崎だとわかった。

首ががっくり前に倒れ、やはりさんざん吐いたらしく、チノパンの膝から下が染みだらけになっている。川崎も度数の高いアルコールを浣腸されたのは確実だ。

チノパンの股間は大きく膨れ上がっていた。

「ほら、心中の相手が、ケツを出して待っている」

ライトグリーンのスーツの男が、川崎の髪を鷲摑み、顔を路子に向けた。虚ろな視線で、路子を判別出来ているのかどうかもわからなかった。

路子は、本能的に尻を両手で覆った。

「四つん這いにしちゃってよ。やっぱ精子は流し込んでおかないと、カップルぽくないでしょう」

カットシが、男たちに指示をすると、残りの三人の男たちが、路子の身体を取り巻いた。

「いまさら抵抗なんてしないわ」

か細い声で言い、自ら四つん這いになり、尻を掲げた。女の肝心な部分が丸見えになったはずだ。恥毛が潮風に撫でられる。川崎も見ているのだろうか。

まだ半開きとはいえ、顔から火が出る思いだ。

だが、恥辱の表情を見せてはならない。無表情を装うことで、男の発情をそぐのだ。そうでなければ全員に輪姦(まわ)されることになる。

路子はきつく口を結び、空を見上げた。

「さすが、いい根性をしている」

カツトシが尻の前に屈み込んで、秘裂に息を吹きかけてきた。生温かい吐息だ。半開きがさらに開いたのではないか。悔しさと、恥ずかしさで、喉がカラカラに渇いた。

「水を一杯飲ませて。海水を飲む前に、まともな水を飲んでおきたいわ」

掠(かす)れた声で伝えた。

「わかった。僕はフェミニストだ。そのぐらいの配慮はするよ」

すぐに、ミネラルウォーターのペットボトルが目の前に置かれた。路子はキャップを捻り、喉を鳴らして飲んだ。

一気に一本開けた。喉が潤い、胃袋に残ったアルコールが真水に中和されていく。干(ひ)からびていた皮膚や筋肉が、次第に回復し始めた。

セックスでさらに身体はほぐれるはずだ。

路子の、膝のあたりでベルトがカチャカチャと鳴る音がした。牛革ベルトのバックルはダブルピンだ。真鍮(しんちゅう)製。濃緑色のミリタリージャンパーは着たままだ。

冴えてきた頭で、生存への可能性を模索した。三十パーセントほどある。

「カツトシ君、そろそろ、やっちまわないと。男のほうの薬が切れてくる」

川崎の腕を持ったままの男が言っているようだ。

路子はデッキに映る、男たちの影を眺めていた。

影が動く。川崎の股間のファスナーが下げられ、長くて太い突起物が映った。影絵なので黒さと太さがより強調されている感じだが、ＥＤ治療薬を飲まされているのは間違いない。臍(へそ)まで反(そ)り返っている。

「だよね。繋げちゃってよ」

まるで電車を連結させるような調子で、カツトシが命じた。

「ううう」

川崎が呻き声を上げながら、路子の背後に跪(ひざまず)かされた。肉突起が、尻の割れ目に触れている。

「ショウタ君、きっちり接合させてよ」

カツトシがそう言った。

「えぇ、俺がですか？」

ショウタというのは、ライトグリーンのスーツを着た男だ。ふわっとした髪型が、風でオールバックになびいている。

「攫ったのは僕だから、接合はショウタくんでしょ」

カツトシの声が少し甲高くなった。

「わかった、わかった。俺がやりますよ。でも生で触んのは勘弁だよ」

「ほら、これ使っちゃいなよ」

カツトシが何かを放り投げた。

「あっ、サンキュー。ニトリルグローブって、こんなときにも使えるんだね」

ショウタが、外科医が手術の際に使うような、極薄のゴム手袋を嵌めた。ショウタの口ぶりでは、本来は他の目的に使っているということだ。

路子の脳に絞殺のイメージが浮かぶ。

「うっ」

路子は呻いた。川崎の亀頭が膣口をこじ開け、ぬるりと入ってくる。ショウタが、川崎の尻を押しているようだ。

「あぁあっ」

尻を振らされた。肉層に剛直が滑り込んでくる。川崎の身体が背中にかぶさって来た。

「す、すまない……金田会長に、どう詫びていいのか……」

耳もとでそう囁いているが、言葉以上に、息が荒い。過度のアルコール摂取で、心臓がバクついているようだ。

「一回ぐらい、やってもいいと思っていたのよ」

励ますつもりでそう言った。本心ではない。路子のほうからも膣を律動させた。川崎の肉棒が出たり入ったりする。身体が次第に火照ってきた。背中に汗が滲むとともに、硬直していた筋肉も弛緩してくる。

川崎も男の本能として、自発的に腰を振り始めた。そのぶん吐息が荒くなってくる。心筋梗塞を起こさせてはならない。

「私が、動く」

巻き込んでしまったことへの、せめてもの償いだ。路子は、前後に尻を動かした。ずちゅ、ぶちゅっ、膣路の中を逸物が行き来する。摩擦されるほどに、身体が熱を帯びる。

「カットシ君。本物の刑事と新聞記者のセックス撮影しなくていいんですか?」

　接合点から手を離し、カットシの横に戻ったショウタが、スマホを取り出している。

「てめぇ、バカか?」

　いきなりカットシが、そのスマホを奪い、海に放り投げた。

「そんな映像がどこかに流れたら、足がつくに決まっているだろう。てめぇも殺されたいのか、あぁ?」

　カットシが凄んだ。傍目にも、背筋が凍るような眼光に見えた。

「いや、すまない」

　ショウタが頭を下げている。

「全員、スマホは海に放り込め。船のてっぺんには、カメラを仕込んでいるぞ。隠し撮りなんてしている奴がわかったら、攫って始末すんからな」

　その命令に従って、他の連中も次々にスマホを海に放り投げ、頭を振っている。恭順の意を示しているということだ。カットシとは何者だ。

「うぅうう。出るっ」

　川崎が声を震わせた。亀頭の尖端も痙攣している。熱い波が飛んできた。そのままぐったり重なってきた。

「昇くっ」

路子も短く叫んだ。こんなときでも絶頂を得た。女の身体はなんとも面倒くさい。快感に身体ががくがくと震えた。ドクドクと精液が流れ込んでくる。

「放り投げるぞ」

カツトシがまず、川崎の身体を引き剝がした。鉛のように重くなっているはずだ。ズルリと肉棒が抜けていく。まだ硬直したままだ。ＥＤ治療薬を飲んでいる場合、いくら射精しても、薬の効力がある限り萎まない。爺いの連発に音を上げる風俗嬢が多いのはそのせいだ。

「チンコはしまっておけよ。おかしいだろう。そこだけ出して海には飛び込まないからな」

「はい、はい」

ショウタが顔を顰めながら、川崎の逸物をチノパンの中に押し込んだ。

すぐに、他の三人も駆け寄って、川崎の身体を抱き起こし、ロープを巻きつけた。ロープの端には錨が括られている。ひとりが肩を持ち、ふたりが両足を一本ずつ抱えた。川崎は特に抵抗しなかった。最後の射精で体力を使い果たし、もはや動くことすら出来ないようだ。

「待って！　なにか取引出来ることはないの？」

路子は声を振り絞った。あまりにも酷過ぎる。

「ないよ」

カットシがあっさり言った。

「せーの」

三人が、弾みをつけて川崎の身体を、静かな海に放り投げた。宙に舞う川崎と眼が合った。哀しい目をしていた。海に落下する前に、かるく右手を振ったようだった。川崎の癖だった。

路子の目から王冠状の涙が溢れ出て来たが、泣いている暇もなかった。

今度は自分の番だった。

「ごめんね。黒須さん。僕たちは作業班だから、駆け引きとか、相談とか、そういうの出来ないんだ」

M字開脚させられ、顔を近づけてくる。一ミリも発情した様子はない。実に事務的に膣の中の精液を確認しているようだ。

「合格！」

秘裂から顔を離して、そう叫ぶと、ショウタを含む四人が路子に接近してきた。ショウタにショーツとブルージーンズを元の状態に戻された。

死は着衣で迎えねばならないようだ。

ウエストの部分に、ロープを巻かれ腰骨のあたりで結ばれた。三メートルほど先に錨がついている。錆びてはいるがかなり大きな錨だった。

川崎のときとは異なり、ふたりの男の手によって、先にその錨が海に放り込まれる。

「いやぁあああぁ」

突如、腹部が絞られ胃液を噴き上げた。そのまま身体が、力ずくで引っ張られ後部デッキの縁に思い切り身体を叩きつけられる。

「このぐらいの打撲があれば、もう動けないでしょうね」

ショウタの声がする。

「どのみち海中では、流木とかいろんな物体が身体にぶつかるんだ。打撲はいくらあってもいい。そろそろ、ブランチに帰らないと」

カツトシが腕時計を見た。そんな時間らしい。十一時ぐらいだろうか。

「せーの」

四人に身体を担ぎ上げられた。冬空に向かって、ふわりと身体が浮く。そのまま落下した。海面に身体が叩きつけられる。全身に激痛が走った。錨に引かれた身体は、猛スピードで、海底へと落ちていく。想像以上の速度だった。緑色の濁った海中だった。

路子はとにかく息を止め、沈みながら周囲を見つめていた。

小野里隆と斉藤美枝も案外、落下しながら冷静に金田と平尾の顔を見ていたのではないか。

息が正直、何分持つのか、わからなかった。

持たなくなったら、ジ・エンドだ。

第四章　心理作戦

1

冬真っ盛りの京都。

少し曇ったホテルの窓から京都タワーが見えた。京都タワーを同じ高さで眺められるのは、京都ではこのホテルだけだ。

「本当に、何もしなかったわね」

及川聖子は、バスローブを着たまま遅い朝食を摂りながら、正面に座る麻生恒彦のよく陽に焼けた顔に向かって言った。

京都ホテルオークラ十階のスタンダードツイン。ふたりは、昨夜遅く別々にチェックインしていた。

麻生に連絡すると、羽田空港にいると言われた。公安部外事二課の麻生は、空港での張り込みも重要任務なのだ。

羽田の近くで落ち合うのかと思ったら、東京駅から新幹線で京都に来るように言われ、路子はその通りにした。

保秘の事項を語り合うのならば、京都の老舗ホテルで落ち合うのがいい、と提案されたのだ。ホテルの部屋は取っておくと言われた。

密かな期待もあった。

「まだ、そういう間柄になるつもりはないよ」

コーヒーにミルクを注ぎながら麻生が笑った。午前中の強い光が、ホテルの窓から差し込み、麻生の顔をいつも以上に輝かせていた。

「まだ……ということは、いずれは、そういう間柄を目指しているということ?」

聖子はオレンジジュースのストローを唇に挟みながら、上目遣いで訊いた。こんな媚びたような態度を取るなど、生まれて初めてのような気がする。

男とふたりきり、互いにバスローブ姿で朝食を摂っている姿を、誰が機密任務の打ち合わせと思うだろう。

「難しい質問だな。お互い気があるから、こうした密会も厭わない。だが、公安と監察という立場からすれば、一線を越えることは好ましくない。すぐに垂石局長は見抜くだろう。そうしたら、どちらかが、左遷ということになる」

麻生は、ルームサービスのアメリカンブレックファストのトーストにバターを塗り始めた。コーヒーとバターの匂いは妙に相性がいい。

優等生の答えだ。

「同期のよしみで、黒須の情報や監視を手伝ってくれているだけなのね」

聖子は拗ねてみせた。そんな言葉が自然に飛び出してきたのだ。

――自分は、この男に浮かれている。

この場合、自分自身を、そう分析せざるを得ない。

麻生とは、同期入庁で警察学校で知り合った。

警察学校は全寮制で、宿舎こそ男女別々だが、訓練は一緒に行われる。キャリアの中でも武道に優れていた麻生は、密かに女子の憧れの的であった。

とはいえ、一般企業の研修所とは異なり、そこは警察学校であり、宿舎でそんなことを口にする者はいない。

女子宿舎は六人の相部屋だった。それぞれの学習机が置かれた共同スペースの他に三畳ほどの個室が人数分ある。

その部屋で聖子は麻生を思って、何度も自慰に耽った。自分史の中で、決して明かすことの出来ない永遠の秘密である。

「同期のよしみだけではない。及川の公安転属への道筋をサポートしたいという思いだ。一緒に働けたら……と思う」

麻生とは、かつて卒配で、丸の内中央署の地域課、交通課を共に回った経験がある。共にI種合格者ということもあり、都心の重要署で実務訓練となったようだ。

卒配とは、自動車教習所の卒業試験のようなもので、短期間のうちに、地域課、交通課、捜査課、生活安全課、組対課など、一通りの部署を回ることになる。

麻生とは、ほぼ同じ部署を回った。その有能さに、改めて憧れたものだ。

卒配後の配属は、共に所轄の地域係だ。

これは後に警視総監になろうが、警察庁長官になろうが、必ず務めねばならない年季奉公のようなものだ。

「まずは市井の暮らしを見ておこうじゃないか。数年後に警視庁で再会しよう」

そう言って麻生は、もっともキャリアに向いていると言われる広尾南署の地域係の辞令を見せてくれた。外国大使館が多く集まり、ヴィンテージマンションや高級邸宅の並ぶ地域の交番勤務だ。

その二年後、麻生は永田町南署の地域係に転属。

ここではもっぱら国会周辺のビルに入るロビイストの事務所や各種政治団体の所在、国会周辺の道路事情などを頭に叩き込み、入庁六年目で公安部外事二課に配属になっている。二課は東アジア、主に中国と北朝鮮の諜報活動を監視する担当だ。

一方、聖子は、卒配後の正式辞令は明石町の中央南署の地域係であった。付近に聖路加国際病院がある以外は、古くからの住宅と商店が多い、いわゆる東京の古き良き住宅街だった。そこで退屈な交番勤務を終えたのち、予定通り、警視庁警務部の人事二課に転属となった。

結果的に、麻生より三年早く警視庁勤務になったわけだ。

人事二課は警部補までの管轄だが、麻生が公安部に異動になったのは、警部になる直前だったので、その栄転を、自分のパソコンで知ることが出来た。

同時に聖子も警部へと昇級、監察官となった。

以来、麻生とは、同期として時々会っている。

公安刑事と人事課監察官という、庁内でも孤立した立場にある者同士なので、むしろ会いやすかった。どちらも周囲を気にし、隠密行動をとることには慣れていたせいもある。

さすがに、昨夜京都で会おうと言われたときは仰天したが。

いよいよ男女の仲になるのかと思ったが、麻生は、やはり徹底した公安刑事だった。仕事一筋の男。

――好きだ。

黒須路子はノンキャリではあるが、二期下だ。

奇しくも聖子がホンテンへ異動になった直後に、中央南署の地域係に配属になったのが彼女だ。

半年後、かつての同僚たちから、黒須について、さまざまな武勇伝が耳に入ってくるようになった。

いわく、拳銃を持った極道にいきなり回し蹴りを食らわせて逮捕したとか、その野性味あふれる美貌に署長や副署長もぞっこんで、依怙贔屓(えこひいき)しているとかB級警察小説のような噂話ばかりだった。

そうした警官や刑事は、ある一定数存在してもよい、というのが人事の考え方だ。犯罪者の取り締まりに聖人君子(せいじんくんし)ばかりでは闘えない。

だが署内で金貸しのようなことをしているという噂まで出て来て放置しておけなくなった。金銭の貸借は、不正の温床となるからだ。

聖子は、人事二課として要注意人物に指定し、すぐに彼女の定点観測を始めた。

まさしく美貌の持ち主で、筋肉質でスタイルも抜群であった。女として軽い嫉妬を覚えたが、知性では自分が上回っているとタカをくくっていた。

ところが、だ。彼女を知れば知るほど、聖子のキャリアとしてのプライドは傷ついた。

黒須路子は、東大法学部に合格しておりながら慶應を選んでいるのだ。理由がわからない。大学時代の成績をチェックすると国家公務員Ⅰ種に合格するほどの実力なのに、あえてⅡ種を受験している。司法試験は卒業時に合格していたが、司法修習生にはならず、警視庁に就職している。Ⅱ種としてだ。

留学経験もないのに、英語力も際立っている。TOEIC（トーイック）では九百五十点を叩き出しており、外資系企業の上級副社長でも務まるほどの能力を示しているのだ。

大学時代の友人によれば、文芸サークルに所属し、永井荷風（ながいかふう）を愛読し、文人墨客（ぶんじんぼっかく）が好んだ食の名店をひとりで回るのが好きな女だったらしい。

何しに警察に来たんだ？

ところが、警察学校時代の資料を取り寄せると、武闘の経験はなかったが、柔剣道共に一年で段を得るほどに成長。その集中力の凄まじさに教官も舌を巻いたという。

集中力のある人間は、たいていのことをクリア出来る素質がある。そういう女らしい。

たった一年で交番勤務を終え、黒須は二十八歳にして本庁組織犯罪対策部へ異動になっている。

これは異例だ。

暴力団の幹部たちの情婦たちを洗い出し、そこから情報を得るという汚れ仕事だったにもかかわらず、路子は着実に実績を上げていたようだ。

戦前から日本に根を張る華僑（かきょう）マフィアにも黒須は精通していた。華僑マフィアは犯罪集団であると同時に、中国情報機関の触角（アンテナ）でもあるとされている。

公安部が黒須に触手を伸ばしていることを、聖子は人事部員として知った。警察庁の垂石局長の意向が働いているようにも見受けられた。

聖子の中で嫉妬の炎がメラメラと燃え始めたのは、そのときだった。

「私を、本気で公安（ハム）に引いてくれようとしているのね」

聖子は、微苦笑した。

色恋絡みでないのは残念だが、それはそれとして、望む道だ。この国の最大の弱点は、諜報力の弱さである。

このレベルを上げるだけで防衛力は遥かに高まる。聖子は、そう考えている。

自衛隊の先制攻撃に対する国民のアレルギーは生半可（なまはんか）なものではなく、他国からミサイルの一発でも食らわない限り憲法改正論議は、入口で止まったままであろう。

いま、この国を護る確かな手段は、他国の企みを先に得ることだけだ。

「来てもらいたい。本気でそう思っている。だから監察で手柄を立ててほしいのさ。警察学校にいた頃から、及川の能力は買っているつもりだ。分析力には脱帽している。そんな及川とは尚更(なおさら)、たやすく男女の仲になどなりたくないね。一緒に仕事をして、国家のために役立ったほうが、よほどセクシーだ」

麻生が、外の景色を見つめながら眩しそうに眼を細めた。こんな風に言われたのは初めてだ。この男は、知性が勝っている。見事だ。

世の中にはセックスよりもセクシーなものがある。自己実現だ。

「ほんの少しだけど発情していた自分が恥ずかしいわ」

バスローブの襟を掻き合わせ、素直に伝えた。

「その言葉、嬉しいよ。俺も発情しているさ。だが、発情を抑制するのも公安刑事としての訓練のようなものさ。敵は、常にハニートラップを仕掛けてくるからな。それで、失脚したり、殺されてしまった先輩が何人もいる」

麻生に発情したと言われ、これ以上の喜びはない。

「ありがとう。黒須の不正を暴いて、免職に追い込んでみせるわ。逆に垂石局長も黒須を贔屓(ひいき)にしているとすれば、度肝(どぎも)を抜いてやることになるけど、かまわない?」

これは確認しておきたいことである。

「問題ない。監察の中林次長は、ビビっているだろうが、垂石局長は公明正大な方だ。黒須刑事が、違法捜査をしていると明確になったら、決して擁護はしないだろう」

「安心したわ。毎朝新聞の記者と私的に繋がっているという情報はありがたかった。人事的にはこれだけで、最前線からはすぐに外せるわ」

麻生が、官邸記者クラブに所属している毎朝の政治部記者に、女性事務員を接近させ、得た情報だ。公安はその気になれば、どんな手も使うのだ、と思い知らされたものだ。

「黒須は新聞記者を情報網に、関東泰明会を私兵として使っていたようだ。公安的な見方をすれば、テロを企てようとする者の典型に見える」

麻生の眼が閃光を放ったように見えた。

「黒須がテロ？　思想性はないように見えるけど？」

「スリーパーなら？」

それは、生まれながらにしてのスパイということだ。聖子は絶句した。麻生の視点はまったく別なところにあったのだ。麻生が顎を扱きながら続けた。

「彼女の経歴に奇妙な感じはしないかい？　まず、祖父の黒須次郎。愛国主義者のようでもあり売国奴でもあるような人物だ。だいたい戦後の黒幕、フィクサーと呼ばれるような人物は、得体の知れない経歴の持ち主ばかりだ。その経歴も脚色されている場合が多いが、孫の路子の経歴と実態は、どう見ても工作員じゃないのか」

　麻生の眉がぎゅっと寄った。

　黒須が工作員。

　そう思うと、様々な辻褄が合ってくる。

　頭脳明晰、武道の達人。それを隠すような文学と美食好きな学生時代。どの方向へでも行けるように、資格を得ている。

　結果、ノンキャリアとして警視庁に潜り込むのが最適ということになった、とすれば、すべての謎が解ける。

「確かに黒須の経歴は、不思議ね。本当は、かなり前から武闘や射撃の訓練を受けていたとすれば、納得がいくわ」

　語学にしてもそうだ。

　東大法学部に合格したにもかかわらず蹴ったのは、その時点では、まだ実力を隠蔽しておきたかったからか。東大法学部の学生の大半は、官僚への道を選ぶので、学生時代から国家の運営について語り合うことが多い。かく言う自分もそうであった。

「俺の見立てでは、組対部の富沢誠一部長は、すでに黒須に洗脳されているか、弱点を握られ支配下に置かれていると思う。刑事部の長谷川部長も同じだ。ただし、これはあくまで俺個人の見立てだ。及川の情報を分析したうえでの結論であって、公安そのものは、まだそこに目が向いていない」

麻生の見立てが正しく思えた。富沢の言動はすべて黒須にコントロールされているとみれば、すべてに合点がいくのだ。

「刑事部の長谷川部長も？」

「普通なら広田光恵の公選法違反だけで手柄として充分なのに、二課を使って民自党をそれ以上に追い込もうとしているのは、政局の流動化を狙ってのことじゃないか？」

まっすぐに見据えられた。

政局という言葉は、永田町ではイコール政権をさす。流動化とはいかにも官僚らしい便利な言葉で、不安定化するという意味だ。

政権与党の幹事長の資金ルートに不明な点が出ると、一気に寺林政権がぐらつくのは事実だ。

麻生の言葉には説得力を感じた。

「少なくとも富沢部長は、黒須の不正を突きつけることで人事的に追い込めるわ。私がやりましょう」

気がつくと、きっぱりとそう言っていた。なんだか熱に浮かされて、言ってしまったような気もするが、間違ってはいないだろう。

窓際のコーヒーテーブルの上で、麻生のスマホが鳴った。

「はい、俺だ」

麻生が、ルームサービス用のテーブルから離れ、電話を取った。

「わかった。俺は、あれから伊丹(いたみ)に飛んで、いまは京都だ。これから府警に顔を出して、夕方前には帰庁する」

同僚らしい。

「カツトシには、そのまま沖縄に回るように言ってくれ……あぁそうだ。嘉手納(かでな)でいい」

それだけ言って、切った。

「府警には、何時の予定なの？」

唇をナプキンで拭きながら訊いた。いつの間にか、自分の口調が恋人気どりになっていた。

「決まっているわけじゃない。京都に来たアリバイづくりに寄るだけだ。あと二時間ぐらいは眠っていきたい。俺にも安らぐ場所が必要さ」

麻生が、欠伸をしてベッドに上がり込む。聖子は自分だけが、この男の真の姿を見ているようで、幸せな気分になった。

2

「こんなもんでも、少しは食ったほうがいい」

皺だらけの老婆が、盆を枕元に置いてくれた。白粥と梅干。それにアサリと細切り昆布の佃煮が載せられている。

「すみません」

路子は、半身を起こして頭を下げた。灰色のジャージまで着せてもらっていた。古い二階家の和室だ。濃紺の毛糸のカーディガンに灰色のスラックスを穿いた老婆は、すぐに階下へと下りていく。

窓から海が見えた。羽田沖だという。

自分が溺れていたのも、すぐそこだったという。

どれぐらい時間がたったのだろうか。海の匂いを嗅いでも、ようやく吐き気を催さずに済むようになっていた。

助かったのだ。

路子は粥を木製の匙ですくいながら、記憶をたどった。もう何度も反芻しているが、なかなか記憶の糸が一本に繋がらない。

死に直面したショックがまだ脳を混乱させているのだ。

自分もまだまだ柔だな、と路子は、拳で頭を何度か叩いた。

なんだかんだ言って、恐怖に直面し、尿まで漏らしていたのだ。

可能な限り冷静な気持ちで、海中に落ちたつもりでいた。胴に巻かれたロープは、ベルトのバックルで切るつもりだった。

だが、想定以上に落下の速度は速く、自力でどうにか出来るものではなかった。

すぐに息を止めている限界がきて、海水を思い切り飲み込んだ。飲んだ海水は、吐き出せなかった。水圧のほうが強くどんどん入ってくるのだ。口よりも鼻が辛かった。チーンと耳まで水の衝撃が広がり、苦しくなった。

眼は見開いたままだったが、周囲は緑一色で、泡がいくつも渦巻いているだけだった。

身体に大きな衝撃を受けたのを覚えている。

これまでは、記憶は必ずそこで途切れた。そのまま得体の知れない恐怖にかられ、激しい頭痛に襲われてしまうのだ。

だが、今朝は少し回復したようだ。毎日、介抱してくれる老夫婦のおかげであった。

すっかり好物になった梅干を一口齧った。

老婆いわく、箱根湯本の老舗梅干店『藤屋』の二十年漬けだそうで、天然塩がまぶされた味は、舌にのせただけで、かっと火を噴くようなしょっぱさだ。

「うっ」

今朝は格別にしょっぱく感じる。それだけ味覚も回復したということだ。

しょっぱさを感じると同時に、脳内に流木に横殴りに尻を打たれた場面が浮かんだ。

記憶が蘇ったようだ。

しょっぱさを白粥で中和させせつつ、記憶の断片を繫ぎ合わせる。

どのぐらい水中深く落ちたときだったのか、定かではないが、体中の孔という孔から海水が侵入し、呼吸が出来なくなった頃、いきなり巨大なバットで尻を叩かれたような感触があり、路子の身体は上方に押し返されたのだ。伸びたロープにもさまざまな漂流物がぶつかったようで、運よく切れた。

だが路子に泳ぐ体力は残っていなかった。無抵抗のまま、ひたすら流された。それでもまだ体内にガスが残っていたため浮力はあったようだ。

朦朧としながらも、海面に浮き上がった記憶が残っている。白い空を見上げて、ここが天国かと思ったほどだ。

突然、網が降ってきて、やはり地獄に連れていかれるのだと観念したのだが、このとき自分の精神はすでに錯乱していたのだろう。

気がついたら、布団の上にいた。

船を漕ぎ寄せ引き上げてくれたのは、この界隈で網を張る漁師だと知ったのは、その六時間後のことだった。

漁師は、加藤喜朗といった。痩せた禿頭の漁師。今年七十四歳になるそうだ。

「身の上話は後でいい。帰りたければ帰ればいい。だが、もう少し寝ていけ。どこにも届けたりせんよ。うちの婆さんが、粥ぐらいなら出してやる。歩けるようになったら出て行ったらええ」

老漁師は、鶴のように首を伸ばし、布団の上の路子の顔を覗き込みながら笑った。

助かったのだ。

白粥と梅干、佃煮の食事を終えて、路子は、仰向けになり、また眼を閉じた。

記憶は繋がり出したが、思考はまだ停止したままだ。

川崎はどうなった？

それを思うと、脳がロックされ、身体が強張った。それ以外にも現状把握しなければならないことが多くある。

だが、いまは眠ることだ。ひたすら眠って、体力と気力を復活させるのが一番だ。睡眠こそが、活力の最大の源だ。

脳内に渦巻く様々な葛藤や煩悩を振り払い、路子は眠ることに集中した。

ガタガタとガラス窓が開く音がして、再び眼を覚ました。ほぼ一日中眠っていたらしい。部屋は赤く染まっていた。六畳間に小さな箪笥が置かれているだけの部屋だ。階下から味噌汁の匂いが上がってきた。

「この時期、日に三度は換気せんとな。ちょっと寒いが、我慢せい」

真冬の寒気が流れ込んでくる。加藤が夕陽を背負っていた。

「かまいません……」

路子は半身を起こした。ふらつかなくなっていた。

「……それより、ご迷惑をおかけして本当に申し訳ありません」

身体を前に倒して詫びた。

「気にせんでいい。毎年、一体ぐらいは引き上げている。死んでいれば警察に届けるが、生きている場合、儂は、いきなり救急車を呼んだりせんことにしている。特にあんたのように、回復する見込みのある人は、うちで寝かせて帰すのが一番だ。それぞれ事情があるからな」

路子の脇に座り込んで、階下に「ふさ子、茶を持ってこい」と、叫んだ。

「そのお気遣いに、さらに感謝します」

路子は重ねて頭を下げる。

「騒ぎ立てられたら、困る事情がありました」

「そうだろうな。だが、生きていれば、何か違う方向も見えてくるものだろう」

どうやら自殺者と勘違いしているようだ。

「その通りです。この先は、もっとしっかり生きていきたいと思います。私、黒須路子といいます。三十歳です。身分を証明するものは何もありませんが、回復したら、きちんとお礼させていただきます」

「礼などいらんさ。あんたの個人情報にも特に興味ない。儂が勝手に引き上げちまったまでだ。頭の整理がついたら出て行くといい」

「今夜にでも、おいとまさせていただきます。あの、図々しいのですが、新聞とかあるでしょうか」

「いちおう取っている」

加藤がふたたび階下に叫んだ。

すぐに妻のふさ子が、盆にほうじ茶と羊羹（ようかん）、新聞を持ってきた。東日新聞だ。毎朝ではなかったのが残念でもあり、安堵したことでもある。やはり川崎に直結する新聞は読みたくない。

日付を確認すると今日は、二月十九日だった。

赤坂で攫（さら）われたのは、十六日の夕刻だ。十七日の朝に、海に沈められたことになる。この漁師の家で丸二日、眠っていたということだ。

一面には、コロナ禍で倒産件数が飛躍的に伸びたとある。検証記事がトップにくるということは、政局に動きはなく、大きな犯罪もなかったということだ。

政治面にも大きな動きはなかった。最下段の左隅に、元衆議院議員平尾啓次郎の葬儀の様子を伝える記事があった。近親者のみで行われたとある、写真もない六行のベタ記事だった。時節柄とはいえ、閣僚を務め、政界引退後も民自党の黒幕と呼ばれた平尾にしては、地味な葬儀であり、小さな扱いの記事である。近くお別れの会を催すとあるが、日取りまでは書かれていない。民自党幹部にとっても、いまは関わりたくない長老であろう。

記事を見て、ふと金田潤造の葬儀がどうなっているのか気になった。

傍見は、どうしているのか。連絡しようにも、スマホもなかった。

社会面を広げると、広田光恵、秀隆の議員夫婦の裁判の様子が載っている。夫婦共々、幹事長の渡邊裕二から、直接選挙資金を受け取ったと言っている割には、こちらも案外小さな扱いだった。

官邸と民自党本部から圧(プレス)がかかっている。そう思わざるを得なかった。

紙面から顔を上げると、加藤と眼が合った。

「知りたい事件とかはなかったようだな」

加藤が言った。妻のふさ子が、その加藤の腰を抓(つね)った。妙なことを訊くなという意味だろう。

「いえ、寝ていた間に起こったことを知りたかっただけですよ」

「仕事は政治関係か？」

加藤がぽつりと言った。鋭い。路子の視線の先を追っていたことになる。警視庁の刑事だとは言わないほうがいいようだ。

「いずれお答えします。いまはまだ頭の整理を」

「詮索はしない。動けるなら帰ってもいいが、頭を整理したいなら、もうしばらくいたらいい。儂は、午前三時には漁に出るので、早々に寝る。婆さん、飯だ」

加藤が、階下へと降りて行った。

「あなたの食事も持ってきます。今日あたりからは、普通のご飯でもよさそうね」

ふさ子も下がった。

老夫婦だが、どちらも矍鑠としている。だが、どこか虚無的なふたりでもあった。路子は立ち上がろうとした。

「うっ」

腰骨のあたりに激痛が走った。打撲が癒えていない。ふたたび、横になるしかなかった。

しばらくして、ふさ子が、食事を運んできた。

「まだ、ダメでしょう。そんな顔をしている。海中の漂流物の力をバカにしてはいけないわ。バイクに撥ねられたぐらいに思ったほうがいいわね。体力をつけなさい。体力が戻ったら、自由に動けるわ。無理をすると、出来ることも出来ずに終わる」

押し入れから小さな飯台を取り出し、焼魚と白飯、味噌汁、卵焼きが並べられた。

「どうしてこんなに親切に」

「加藤も私も暇だからよ」

ふさ子が、背中を丸めた。箱座りした猫のような佇まいだ。どう返してよいかわからない。ふさ子が続けた。

「うちは老人がふたりだから、階段に手すりもあるわ。食事をして少し元気になったら、下に来てテレビでも見なさいな」

路子は、もう一晩、世話になることにした。どういうわけかこの夫婦に興味を持った。

階下に下りると、六畳と四畳半の続き間があった。六畳がふたりの寝室らしく、加藤はすでに布団に寝転び、文庫本を読んでいた。

寝室の一面は書棚で、文庫本がびっしり並んでいた。

四畳半には、昭和の映画に出てくるような円い卓袱台と茶箪笥。どちらも飴色だ。卓袱台の上には丸煎餅が載った盆とミカンが置かれている。

壁際の小型テレビがニュースを流している。

「ずっとこちらで？」

路子は、ほうじ茶を啜りながら訊いた。

「加藤が漁師になったのは、三十を過ぎてからよ」

ふさ子が、寝転んでいる夫を見やりながら言う。

「それまでは？」

「お互い、刑務所を出たり入ったり」

ふさ子の眼が笑った。さすがに驚いた。唖然としている路子にふさ子が言葉を繋いだ。

「この世代には多いのよ、活動家のなれの果て。違法デモやちょっとした強奪。まぁ、六〇年代半ばから七〇年代の初めにかけては、そんな熱に浮かされたものが大勢いたわ。左派がファッションみたいなもの。早く転向して大企業に就職した連中は、いまは退職金と年金で悠々自適ね。イデオロギーなんてなかったのに、大学を出た後も意地を張っていた私たちは、結局どっちつかずで、時代から取り残された。それだけのこと。だから、若い人には人生を見誤って欲しくないの」

ふさ子は乾いた笑い声を上げた。

妻もまた路子を自殺志願者だったと思い込んでいるらしかった。路子はその役を演じることにした。

「今後は、肝に銘じますよ」

路子は、寝室の書棚を眺めた。

「読書があの人の唯一の生きがいなんです。漁は生活のため、読書は知の冒険。私たち、刑務所にトータルで三年ぐらいずつ入っていたんだけど、中にいると読書に飢えるの。だから、もうその後の人生では本を読んでばかり。テレビや映画よりも、想像力を掻き立ててくれるの。あなたも、寝ながら、好きな本を読んでいたらいい。あら、大丈夫よ。オルグしようなんていまさらないから。娯楽本ばかりよ。っていうかオルグなんていう言葉、知らないわよね」

この婆さんの眼は虚無的ではあったが、よく見ると澄んでいた。

路子は、一晩ではなくあと何日かここでリハビリもありかなと考えた。

3

二月十九日。金曜の朝だった。

「毎朝新聞の川崎浩一郎の溺死体が上がっただと？」

富沢は、刑事部からの情報を受け、凝然となった。

黒須はどこにいる？

すぐに、部長席の固定電話から、彼女の個人用のスマホに電話を入れる。電源は入っていた。呼び出し音が八回ほど続き、留守録設定に変わった。

喋ろうとしたが止めた。張り込みや潜入の最中ということもあり得るからだ。発信番号に気がつけば、折り返してくるはずだ。

受話器を置くなり、電話が鳴った。警視庁の固定電話はすべて古式ゆかしいベルの音だ。慌てて取った。

「富沢だ」

「人事一課の上津原です。そちらに伺ってもよいでしょうか」

「ヒトイチが、朝っぱらから何の用だ」

「辞令前に、ご説明したいことがあります」

「辞令だと？」

「はい」

「俺にか？」

どういうことだ。四月一日付の異動の内示はすでに終わっているはずではないか。妙な胸騒ぎを覚えた。

「そちらに伺い、ご説明いたします」

きっかり五分後、警務部人事一課課長の上津原忠義（ただよし）が、組対部長室へやって来た。監察官及川聖子を伴っている。

また黒須が何かやったか？

「これから、刑事部に打ち合わせに行くところだ。手短に頼む」

ふたりをソファに座らせ、鷹揚に構えた。

「富沢部長には、二月二十五日付で、警務部付担当部長になっていただきます。総監の内諾（ないだく）を得ています」

「なんだと」

自分のコメカミに青筋が浮かぶのがわかった。脈絡のない異動だ。しかも六日後のことだ。

「人事に関して総監に直接問い合わせるのはご遠慮ください」

上津原が慇懃無礼に言う。

「そんなことはわかっている。そっちのわかる範囲で異動の理由を聞かせてもらおう。それと警務部付担当部長とはどういうポジションだ」

富沢の上長に当たる警察庁の刑事局長からは、何も聞かされていない。隠密裏になされた人事ということだ。

「実情は、監察室における集中査問ということです。査問が終了するまで、富沢部長のお立場を考えて、部付担当部長という体裁を整えました。総監から配慮するようにとの指示です」

人事課長はこういった内示の場数をこなしているのだろう。淡々とした口調だ。対して横に座っている及川聖子は、総監の名が出ると、顔を顰めた。

「査問？　何についての査問だ。俺が何か不正を働いているというのか」

「黒須路子巡査長と共謀し、反社会的勢力に捜査情報を流していた嫌疑があります。確認していただきたい証拠もありますので、現職を離れてじっくりとお伺いしたく思います。

査問は私と中林次長で行います」

及川が言った。敬語を使っているが、その眼は取り調べの刑事と同じ色をしていた。

「反社に捜査情報を流しただと？」

咄嗟に関東泰明会のことが浮かんだが、口には出さなかった。

与党ヤクザだ。

総監、警察庁の刑事局長、公安局長なども承知している、警察の裏工作事項だ。

「この写真をご覧ください」

及川がタブレットから一枚の写真を取り出した。

日比谷公園の噴水広場前。富沢と黒須が関東泰明会の若頭、傍見文昭と並んで語り合っている写真だった。

一年前、黒須に初めて紹介されたときのものだ。以来、情報交換の際には、日比谷公園のさまざまなコーナーを使っている。いったい誰がこんな写真を。

「じっくり、話すしかないな。後任は？」

富沢は腹を括った。

「渋谷慎吾警視長が着任の予定ですが、内密に」

渋谷は現公安部長だ。横滑り人事だ。ひょっとしたら公安が何が何でも摑みたい極道の動きがあるのかもしれない。その渋谷の後には誰がつくのか、と聞こうとしてやめた。六日後に判明する無意味な質問だ。

「引継ぎ書類を作っておこう。六日あれば充分だ。渋谷君も理解が早いからな」

罠だ。

そう直感したが、ここで言っても始まらないことを、富沢は充分知っていた。

周到に仕掛けられたものだ。

富沢は、及川の顔を見た。勝ち誇ったような眼をしている。誰がこの女を扱っているのか、想像はつくが、想像通りであれば、勝ち目は薄い。相手は、陰謀のプロだ。

「それでは、二十五日、午前八時に警務部でお待ちしております。部長席は作っておきます」

上津原と及川が礼をして退出した。

富沢は、とりあえず同じ階にある刑事部へと急いだ。自分の立場も危ういが、黒須の情報提供者である毎朝の川崎が溺死体で上がった事情も早く知りたい。

黒須の身辺にも危険が迫るのではないか。

刑事部の扉を開けたところで、監察室の次長中林と鉢合わせた。

「六日後から毎日、顔を合わせることになるようだな」

富沢は皮肉を込めた。

「いろいろと伺わせていただきます。ところで、黒須巡査長の本日の行動は？」

黒須も引っ張るつもりだろう。

富沢は中林を睨んだ。中林は無表情だ。公安上がりの典型的な表情だ。監察室は公安出身者が多い。職種が似ているからだ。

「潜入捜査に入っている。私が部長の間は、解除はせん。教えられないということだ」

階級は自分のほうが上だ。突っぱねる。

「承知しました。では後任部長に要請します。しかし、富沢部長、部下の行動を把握していないということではありませんよね」

中林もカウンターを打ってきた。

「その質問に答えることは出来ない」

そのまま刑事部に入った。中林は、会釈して通路に進んでいった。

捜査一課、二課、三課、と長いデスクの島が並んでいる。どの課も半数ぐらいが座っている。残りは現場直行のようだ。

刑事部長は二課長の真後ろの席か部長室のどちらかにいるはずだ。

窓際の席に、長谷川の姿はなかった。

「富沢だ」

部長室の扉をノックした。

「かまわん」

長谷川の声が返ってきた。

入室した。

「六日後に警察学校の教授に出ることになった。名目上だがな。昔の汚職事案のもみ消しの嫌疑で監察の査問を受けることになった」

長谷川が部長席で、自前のコーヒーメーカーから淹れ立てのコーヒーを注いでいる。富沢の分も淹れてくれていた。

「俺もだ。どういうことだ」

富沢は声を張り上げた。

「それは邪魔になったということだろう。どうやらトラの尾を踏んだようだな」

長谷川が永田町のほうを指さした。

「ということは、俺たちのキャリアもここまでか」

富沢は肩をすぼめ、ソファに腰を下ろした。

「平尾を動揺させるために、金田潤造を引っ張り出してもらったばかりに、そっちにまでとばっちりを食らわせてしまった。すまなかった」

長谷川がコーヒーカップをふたつ持ってきながら、頭を垂れた。

「恩を売ろうと乗ったのは俺だ。自己責任さ。しかし……」

コーヒーカップを受け取りながら、長谷川の顔を見上げた。陽気に振る舞ってはいるが、眼は完全に死んでいる。当然だ。

「しかし、なんだ」

「こうなってくると、ふたりの大物が、赤坂で飛び降り自殺に巻き込まれたのは、偶然だったのかな、と」

ごく自然に口を突いた。黒須の勝手捜査を黙認したのは、自分もそう感じていたからだ。

「俺もそう思う。広報の顔を立てるために、事故死で手を打ったが、確かに気になる。いまさら遅いがな」

長谷川がコーヒーを飲んだ。

「公選法違反に目を向けさせて、むしろ本筋を消したのかもしれんな。昔から、この手を使うのは……」

さすがに最後の一言は飲み込んだ。

「まぁ、言わんほうがいい」

長谷川もキャリアだった。踏み込むべきではない領域をよく知っている。

後は、黒須の動きに委ねるしかない。

4

「この写真は？」

路子は、書棚に挟まっていた一枚のモノクロ写真を掲げて見せた。一九六〇年六月十日とペンの走り書きがある。

一台の車を蟻のように群衆が取り囲み、角材などを振り上げている。奥に写っているのは、空港のように見える。

「羽田空港でのアイゼンハワー米大統領の来日阻止の騒乱だよ。その中に、国鉄職員だった俺のオヤジも写っている。教えたくないがね。日米安保条約改定への抵抗運動だよ。俺はまだ中学二年だったが鮮明に覚えている」

居間で、昼酒を飲んでいた加藤が、汗の浮いた頭頂部をハンドタオルで拭いながら教えてくれた。毎日午後一時には、海から上がってくる。晩酌ならぬ昼酌するのは、加藤の日課だ。コップに入っているのは『いいちこ』だ。梅干しを沈めていた。

妻のふさ子は、スーパーに出ている。漁師の家では、午後一時は、一般の夕方なのだ。

「この車の中にいるのは？」

「大統領来日の事前打ち合わせのためにやって来たジェームズ・ハガチー大統領補佐官だ。当時の全学連を中心としたデモ隊に阻まれ、その車は動けなくなり、報道官は米軍ヘリコプターで救出されたのさ。俺は中学生ながら、やはりこの国はアメリカなんだな、って思ったよ。独立した国で、堂々と自国の軍を動かしているんだ。おかしいだろう。四年前にドナルド・トランプが来日した際に、羽田ではなく横田基地に大統領専用機を着陸させた。その前に来たバラク・オバマだって、広島で花を手向けた後は、岩国基地から帰国している。彼らにとっては、自国の一部なのさ」

加藤が焼酎のグラスを傾けながら静かな口調で言った。かつての闘士の面影はない。

「確かに、空の上から見たら、日本はアメリカですよね」

日本の国土の上は、そのほとんどが米軍機優先となっている。制空権は米軍が握っているのだ。

「その昔、米軍のために全国にマイクロ波の電波塔を立てようとした話があった。そのために、日本の民間放送局の設立に手を貸そうとしたほどだ」

加藤がグラスを眺めながら言う。

「興味深い話ですね」

路子は卓袱台に身を乗り出した。

「東日テレビの創立にはCIAや当時のジャパンロビーが深く関わっているという話を聞いたことはないかね。話は一九五三年前後まで遡るが……」

加藤が焼酎を舐めた。海で焼けた顔が、さらに赤く染まっていた。

聞いたことはある。

アメリカ側の公文書の公開で、そのことはすでに明らかになっている。だが、路子は首を振った。そんなことを知っている一般人はそれほどいない。

ジャパンロビーとは、占領終了後も対日工作を担ったアメリカの政財界と軍の連合体だ。

「占領を終えたアメリカは、それまでのように、日本の電波を自由に扱うことは出来なかった。そこで、民間放送局を隠れ蓑にして、日本中に電波塔を立てようとしたのさ」

加藤は淡々と言い、コップに焼酎を注いでくれた。ありがたくいただく。

当時鉄のカーテンと呼ばれたソ連や、まだ中共と称していた中華人民共和国に向けて、電波網を構築するためだ。アメリカ側が計画したことだ。

「でも、その電波塔は出来なかったんですよね」

一口飲んだ。五臓（ごぞう）に染みた。

「結果的には、NHKや東京電力はじめ各電力会社の反対で、この計画は頓挫（とんざ）したはずだ。だが、CIAは、きちんと新たな作戦を用意していた」

アサリの佃煮を勧められる。これもありがたくいただく。しょっぱい味を楽しみながら訊いた。

「新たな、作戦？」

「心理作戦さ。まぁ、いまでいうところの印象操作だな。日本人は、これにすっかりやられたのさ」

「どういうことでしょう？」

さすがにそこまでの知識は、路子も持っていなかった。

「アメリカのドラマを放送することさ。テレビ草創期の一九五〇年代の半ばから六〇年代前半は、まだ、アメリカのイメージは、いまほどよくはなかった。占領下で軍人に嫌な思いをさせられた人間も多かったからな。ソ連や東欧に共感する若者もずいぶんいたぐらいだ。だが、CIAは、アメリカの豊かな暮らしを見せるテレビドラマやハリウッド映画を大量に持ち込む心理作戦で、日本人のアメリカへの憧れを高めたわけさ」

「なるほど。印象操作ですね」

「印象操作は、まさにCIAの得意技だ。ドラマだけじゃない。本当の事件を起こして、世論を攪乱させることもある」

加藤の眼がギラリと光った。

「たとえば？」

路子は訊いた。

「一九四九年の下山事件、三鷹事件、松川事件の国鉄三大ミステリー。俺は陰謀論者ではないが、あれはCIAと公安が組んだものという説に共感している。共産主義者の軽挙妄動に仕立て上げたかったのさ。事件の真相が最後まで不明なほうが、余計に推論がいくつも立ち、永遠の謎に仕立て上げられる」

下山事件は当時の国鉄総裁下山定則の失踪と轢死。自殺で決着がついているが、時がたつほどに他殺説を裏付ける資料が追加されている。

三鷹事件は列車の暴走、松川事件は脱線事故だ。いずれも当時の国鉄労働組合と共産主義者が首謀者との見立てが多いが、迷宮入りのままだ。

現職刑事としては、判断に迷うところだ。推論はいくつあっても、立証されなければ、意味がない。

……それこそＣＩＡの思う壺（つぼ）なのか。

「そうなんですか」

路子は曖昧（あいまい）に答えた。

「下山事件は、自殺直前の下山総裁の目撃者が多すぎるという説があるな。一九六三年のケネディ暗殺でも、容疑者のオズワルドが、数日前からいかにも容疑者らしく振る舞っているのが、目撃されている。これも印象操作だろうな。ＣＩＡのやり方だが、日本の公安だって同じ手を使う。俺も女房もデモ参加時に、市中のスーパーや電器店で強奪なんかしていないのに、罠に落とされた」

飄々（ひょうひょう）と語っていた加藤が、初めて声を尖らせた。

「罠？」

「スーパーで助けてくれと、叫んでいる中年女性がいた。果物売り場で転倒していたように見えたんだ。俺はデモから抜け出して、スーパーに飛び込み、その女性を助けるべく手を差し伸べた。だが、相手の力も凄まじく、俺も転倒した。バナナやパイナップルが飛び散らかった。俺は、拾い集めていた。そしたらそのおばさんが、泥棒と叫び始めたんだ。女房も同じことを電器店でされた。おばさんが爺さんに変わっただけだ。たぶん、逮捕するのは誰でもよかったんだ。『学生活動家は怖いですよ』と印象付けられたらよかった。

六〇年代の終わり、七〇年代の始まりの頃さ。町には反戦歌が流れまくっていた頃の話だ」

罠。

証言がきちんとある。

自殺。

公安。

それらのキーワードが路子の脳内できちんと並んだ。

雷通の小野里とキャロルのジーンこと美枝が飛び降りたのは、偶然か。

——否。公安ならば。

そこに考えが至った瞬間、背筋が凍り付いた。

ふさ子が帰ってきて、テレビをつけた。いきなり川崎浩一郎の写真がアップになった。

【今朝未明、羽田沖で発見された溺死体の身元は、毎朝新聞社会部の記者川崎浩一郎さんと判明。川崎さんは、十六日に取材に出たまま消息を絶っており、毎朝新聞社から、捜索願が出されていました。警視庁は着衣から川崎さんと断定。事件性はなく、自殺と思われます。以上、羽田北署前からでした】

濃紺のダッフルコートを着込んだ女性リポーターが、いかにも寒そうな顰めっ面で、語っていた。

胸が疼いた。

海に放り投げられた瞬間の川崎の眼が、網膜に焼き付いている。

「そろそろ、帰らねばならなくなりました」

「そうかい」

加藤がぶっきらぼうに言った。

「あなたの着ていたジャンパーとジーンズ、ちょうどクリーニング屋さんから取ってきたところよ。下着も取り替えて行きなさい。そこのスーパーで買ってきたものだけど」

割烹着（かっぽうぎ）姿のふさ子が、階段の前を指さした。クリーニング店のビニール袋とスーパーのレジ袋が並んでいる。

「ふさ子さん」

さすがに鼻が熱くなって詰まった。

「電車賃ぐらいねぇと、知り合いの家までもたどり着けねぇだろう」

加藤が腹巻から一万円札を二枚抜いて、卓袱台の上に置いてくれた。

「うちらは、そんな青春だったんで子供がいない。あんたがいる間、ほんの少しだけ楽しませてもらった。俺と婆さんからの餞別（せんべつ）だ」

「そんな」

路子は、手で目元を拭った。

「いいってことよ。死ぬんじゃないぞ」

「必ず、返しに来ます」

路子はそれだけ言うと、二階へ駆け上がった。

泣いている場合ではない。やることが山ほどあった。ＣＩＡや公安が仕掛けた自殺工作ならば、協力した証言者もまた殺される。

加藤の家を出て、すぐにタクシーを拾った。まずは銀座だ。スマホや武器などの装備を揃えている暇はあるだろうか。

路子の網膜に、美枝についての証言をした六本木『キャロル』の朋輩の松永琴美の顔が浮かんだ。

彼女の眼の虚ろさ、言動の不自然さにもっと早く気がつくべきだった。いまにして思えばマインドコントロールされたロボットだった。

銀座で準備したら、すぐに板橋だ。

路子はタクシーの中で、地団駄（じだんだ）を踏んだ。

第五章　キャロル・キング

1

銀座八丁目のクロスビル六階に戻り自室に駆け込んだ。

急いで、ドレッサーの引き出しに入れてあった予備の個人用スマホを取り出す。所持していたスマホは拉致された時点で奪われていたが、まったく同じ情報を予備スマホにも入力してある。こんなときのためだ。富沢だけが知っている番号だ。

路子は、六本木『キャロル』の番号をタップした。松永琴美が元気で出勤しているか確認せねば、気持ちが落ち着かない。

時計を見た。午後三時四十二分。七時開店のキャバクラのことだ、店長の有島が出勤しているかどうかは、微妙だ。

五回ほどコールして受話器が上がった。

「はい、『キング』です」

聞き覚えのある掠れた声がした。有島に間違いない。

「『キャロル』から『キング』に変えたようね。琴美ちゃんは元気？」

だしぬけに訊いてやる。

「いきなりなんですか。どちら様で？」

慇懃無礼な口調だ。

「先週、寄らせてもらったマルボウだけど。おかげで琴美ちゃんにも、ちゃんと会えたわ。今夜は出勤予定かしら」

「はぁ、あのときの刑事だと、嘘だろっ」

有島の声が、急に甲高くなった。

「どうして、嘘だろうなの？」

聞いて、路子は軽い違和感を覚えた。飛び降り自殺したキャストのいた店だ。警察からたびたび問い合わせがあってもおかしくない。この慌てようは、何を意味するのか。

「あんた本当に前に来た刑事か？」

「違う声に聞こえる？」

「声なんて覚えていない」

前回のように、マルボウと聞いて敬語に切り替えるようなこともない。

だが、確かに、一度しか会ったことのない女の声など記憶にないと言われれば、それまでだ。

「あんた有島店長でしょう。ジーンこと斉藤美枝さんが、よく座っていた中央の円形ソファを指さして教えてくれたわね。雷通の小野里隆さんの話もいろいろ聞かせてもらったし」

あの日の様子を伝えた。有島は黙り込んでいる、考え込んでいるのだろう。奇妙な間があった。電話での長い間は、苛つく。相手の表情が読めないからだ。

「間違いないらしいな」

ようやく返事が返ってきた。

「それで琴美さんは、今夜は出勤予定?　指名しに行こうと思うんだけど」

あえて軽い感じで伝える。

「琴美は四日前に辞めたよ。もううちの店とは関係ない」

悪い予感があたったようだ。

「どうして、突然でしょ」

「キャストが無断欠勤（ムケツ）してそのまま音信不通になるなんて珍しいことじゃない。琴美は前借（バンス）もしていないから、こっちも追い込みはかけない。経費がもったいないからな」

淡白（たんぱく）な言い方に聞こえた。

「琴美さんの住所は」

「個人情報だ。聞きたきゃ、令状持ってこいよ」

今度はやけに挑戦的だ。

「有島ちゃんさ」

路子も口調を変えた。

「いきなり、その呼び方はなんだ」

「オーナーがどんな奴か知らないけれど、伝えておいてよ。その店、潰してやるから」

「なんだと、こらぁ、刑事が図に乗ってんじゃねぇぞ」

本性を出してきた。有島は、どうせ極道崩れだ。なら、挑発しまくるだけだ。

「いくらでも言うわよ。警察舐めるとどういうことになるか、思い知らせてやるわ。罪状なんていくらでも付けられんのよ。こら有島、おまえなんか売春、薬物、恐喝どれでも叩けんのよ」

路子は、まくし立てた。実際、叩けばいくらでも埃（ほこり）が出るはずだ。

「舐めてんのはお前だ。うちの店にはでっけぇバックがついているのを知らねぇのか。ヒラの刑事がいきがってんじゃねぇよ」

有島が勢い余って口走ってくれた。

「へぇ～、でっけぇバックねぇ。大物政治家？　それとも警察の幹部？」

「ちっ、この死に損ないがっ」

そこで電話は切れた。

有島の頭に血を上らせ続け、店のバックについている大物の正体まで聞き出したかったが、さすがに踏みとどまられた。

だが、最後の一言で、読めた。

――『この死に損ないがっ』とはね。

有島は、路子が死んだものだと思っていたのだ。そうだとすれば、電話に出た瞬間の驚きようも納得出来る。

キャロルという店自体が陰謀に絡んでいる。そういうことだ。小野里も美枝も、この店に引き寄せられたようだ。

胸騒ぎが大きくなった。

松永琴美はどうなった？　四日前に辞めたとは、路子が拉致された前日ではないか。

有島から受け取っていた琴美のポラロイドもしまってあった。デスクの引き出しを掻きまわして取り出し、スマホに取り込んだ。実物よりちょっと小顔に修正された琴美が微笑んでいる。

気づくのが遅すぎた。

琴美との面会そのものが、仕組まれていたことなのだ。

自分が生きていると知ったら、敵はまた殺しにやってくる。

急いで着替えることにした。怒りと後悔が頂点に達していた。

個人購入した官給品よりはるかに薄い防弾ベストを装着し、その上から、黒のタートルネックセーターを重ねて着る。

ベストはアメリカのＳＷＡＴ（スワット）が使用しているのと同じ社のもので、強度のあるナイロンベストの背中、胸、腹にセラミックのプレートを入れるようになっている。

お蔭で着膨れには見えない。

加藤ふさ子がスーパーで買ってきてくれたベージュのショーツの上からは、伸縮性のあるタイツと黒革のパンツを穿く。

帯革を巻き、特殊伸縮棒と手錠、拳銃を挿し込んだ。

それらは通販で購入した個人用で、拳銃は、壊滅させた半グレ集団の隠し倉庫から押収したS＆WのM39だ。リボルバーよりオートマチックのほうが弾が入る。私物にするために、押収物リストには入れず猫糞したのだ。警察手帳も模造品を持っている。マニア用の通販商品だ。そこに自分の写真を貼りつけ、出鱈目な階級と所属を入れてある。潜入捜査では、官給品は一切身に付けない。囮逮捕された場合に、同僚にも素性を知られたくないからだ。そのため、日頃からひととおりの個人武器を揃えておく必要があった。

それらの装備が隠れるようにジャケットを着る。すべて川崎が好きだった黒で統一した。自分なりの弔意だ。

黒革のジャケットのポケットの左右には非致死性閃光弾を忍ばせた。近頃ではこんなものまで通販で売っている。護身用という名目だ。

関東泰明会の傍見が知ったら「おやめなさい」と諫めるだろうが、仇を取らずにはいられない。

左右の耳たぶにダイヤモンドのピアスを付けた。

同級生だった銀座二丁目の宝石店の間宮に作らせた、特製イヤモニターだ。耳たぶから耳殻に音を伝導する。間宮が三点セットで拵えてくれたペンダントと指輪も装着する。

身体のあちこちに、まだ打撲の痛みが残っていたが、気持ちが痛みに勝っていた。

シャドーキックボクシングで身体の切れ味を最終確認した。脳が指令すると同時に、拳が飛び出し、爪先（つまさき）、膝（ひざ）が上がる。

悪くない。額（ひたい）に滲（にじ）み始めた汗が心地よい。

路子は玄関に向かった。

「三日も外泊していたくせに、また飛び出すの？」

階下の店から上がってきた母が、顔を顰める。自分の店で、ひとりカラオケをしていたらしく、ガラガラの声だった。歳が同じだということで、やたら岩崎宏美（いわさきひろみ）を熱唱する母だ。『聖母（マドンナ）たちのララバイ』は許せるが、振りつきの『シンデレラ・ハネムーン』はどうかと思う。六十二歳だ。

「刑事は守秘義務があるの。何をしているかは、言えない」

路子は、ブーツを履いた。爪先と踵（かかと）に鉛が入った特製ブーツだ。

「川崎さん……テレビで見たけど」

母が口元を引き締めた。

「残っている飲み代は、私が肩代わりする。来週にも払う」

「五万円。香典に、あと五万足しておいてよ。あんたのベッドの上に置いておく。『ロンリー・チャップリン』のデュエット相手、新しく作らないとね」

ぶっきらぼうな口調だ。母なりの哀悼の弁だ。水商売の女は、哀しいときこそ威勢よく振る舞うことになっている。湿っぽいのはＮＧ。それがネオン街の流儀だ。

「わかった。通夜に届けておくよ」

それ以上は喉が詰まって声にならない。泣いたら、母に引っ叩かれる。路子は急いで家を出た。並木通りから銀座通りに出た。三日前に川崎と別れた通りを逆に進む。時間も逆に戻れたらと、思う。

資生堂パーラーの手前でタクシーを拾った。三十歳ぐらいの女性ドライバーだった。最近は女性タクシードライバーも珍しくなくなった。ベージュの布マスクが似合っていた。

「板橋駅の西口へ。出来るだけ急いで」

そう告げた。

殺られる前に、やるしかない。

夕闇迫る首都高五号池袋線を、元は運送屋だったという女性ドライバーは、飛ばしてくれた。運送屋になる前は女子プロレスラーだったそうだ。

マスクはしているが、話好きのドライバーのようだ。

グローブボックスの上に掲げてある乗務員証を覗く。

【ダイナミック交通　堀木勇希】

以下車輌番号が続き、マスクを外した写真が貼ってあった。マスクがあるとないとでは、人の表情はずいぶんと変わるものだと改めて思う。ドライバーの素顔は若々しく、ひょっとしたらまだ二十代かもしれない。

「格闘技好きだったの？」

いかつい背中に向かって聞いた。

「子供の頃に空手をやっていまして、その流れで女子プロレスの団体にスカウトされたんです。けど弱かったですね。それに、なんだかんだ言って、あの世界には台本があって、つまらなくなりました。プロレスラーというよりタレントみたいで」

あっけらかんと言った。

ルームミラーに映るドライバーの眼は、柔らかい光を放っていた。格闘家、タレント、どちらにしても性格が優しすぎたのかもしれない。

「お客さんも、格闘技やっているでしょう。眼の光を見たらわかりますよ」

前を往く車を巧みに追い越していく。ジグザグ運転だが、不安は感じない。確かな腕の持ち主ということだ。

「ジムに行ってエクササイズしているだけよ」

刑事の習性で、相手の話は聞いても、自分の情報は極力出さない。刑事ドラマや警察小説で、ありもしないことを描かれても一切抗議しない代わりに、決して、現実を教えないのと同じだ。

「そうですかぁ。それにしては、眼力とか半端ないですね」

笑いながらドライバーがステアリングを切る。板橋本町出口へ続くレーンだ。路子は苦笑した。戦闘モードのオーラが出過ぎているようだ。クールダウンすることに努めた。

午後五時前。

JR板橋駅西口近くの山小屋風喫茶店『ベルン』の手前で、車を止めてもらった。

「これどうぞ。コロナ騒ぎで、乗客が少なくなったので積極的に予約を取っています。電話してくれたら、実車中じゃない限り、すぐ飛んでいきますよ」

携帯番号が大きく書かれた名刺を貰った。

「ありがとう」

路子は車を降りた。

気さくな女性ドライバーが操るダイナミック交通のタクシーは、駅前ロータリーに向かって去って行った。タクシー乗り場に並ぶつもりだろう。タクシーのほうが長蛇の列を作っているロータリーだ。

2

木製扉のカウベルを威勢よく鳴らし、ベルンに入った。今日もまたケチャップとピーマンの匂いが鼻孔をつく。案の定、扉に近いボックス席で大学生風の男が、ステンレスのプレートに載った大盛ナポリタンを頬張っていた。

窓際の席では、中年の主婦ふたりが、コーヒーとシュークリームでお喋りに夢中だ。窓の向こうにスナック『スターズ』の白い扉が見えたが、まだ午後五時とあって、軒灯も出されていなかった。

壁際に、銀のトレイを抱いたウエイターが所在なげに立っている。

カウンターの中で、灰色の口髭を生やした老マスターが、真剣なまなざしで、ネルを敷いた陶製のドリッパーに湯を注いでいた。コメカミに汗を浮かばせ、縁なしの丸眼鏡のブリッジは、鼻梁の中央まで下がっていた。

「この女性、わかるわよね」

琴美の画像をアップしたスマホを掲げて見せた。

「わかるが、あんたは？」

マスターが顔を上げ、丸眼鏡のブリッジを押し上げた。路子は警察手帳を開いて見せた。瞬間的にだけだ。

【中川明菜　警視正　所属　警視庁刑事部捜査一課九係】

写真だけが本物。一般人が警察手帳を見る機会はほとんどない。本物の刑事がもっともらしく提示すれば、模造品でも本物と思い込む。

「捜査に協力を」

路子は、声を低くし囁いた。店長は顎を引きドリッパーの下からカップを取り出し、ウエイターを呼んだ。ナポリタンの客のセットコーヒーのようだ。

「思い出した。そうかあんた、この前、ここで琴美ちゃんと話していた人だな」

「覚えてくれていて、ありがとう。彼女についての情報が欲しいの。最後に来たのはいつ?」

「あの日が最後だよ……亡くなったようだ」

老店長は眼を伏せた。

「亡くなったって?」

「あんたと別れた直後のことだ。琴美ちゃんは向かいのスターズさんに飲みに行ったようだが、三十分ぐらいして、救急車がやって来た。運ばれたのは琴美ちゃんだ。急性アルコール中毒だったそうだ」

「急性アルコール中毒？」

　路子は首を捻(ひね)った。

「ここに来る同じマンションの住民からそう聞いた。翌日、母親が来て、部屋を始末して行ったそうだ。まだ三十前だっていうのにな」

　老店主はドリッパーのネルを替え、新たなコーヒー粉を入れた。ステンレス製のドリップポットから再び湯を注ぎ始める。何十年もの間に、何万杯というコーヒーを注いできたのだろう。わずかに曲がった背中が、その体勢がもっとも性に合っていることを示していた。

「琴美さんは、飲酒のプロよ。見境なく飲むなんて考えられない」

　路子は、老店主の手元を覗きながら呟いた。

　どの職業にもスキルはあるのだ。一杯のコーヒーを注ぐバリスタの手元が、決して狂わないように、キャバ嬢は、絶対吐かないように酒を飲む。

「姉のように慕っていた美枝ちゃんが、飛び降り自殺なんてしてしまったから、かなり落ち込んでいたようだ。鬱(うつ)だったんじゃないかな。仕事で飲むときはしゃきっとしていても、プライベートでは酔い潰れるさ」

静かに湯を注ぐ音が聞こえる。

「向かいのスナックには、美枝さんも行っていたのかしら？」

「さぁ、どうだか」

「ねぇ、マスター。スターズは、どんな店？」

「普通のスナックだよ。キミコさんというママがやっている。俺と同じ七十歳だ。そこにスターズを開いてもう二十年近くになる。元は横須賀から来た人で、向こうでは、米軍相手のバーをやっていたそうだ」

「ずいぶん離れたところに転居してきたものね」

横須賀がひっかかる。

「若い頃は、米兵相手の仕事が楽しかったようだが、五十を過ぎてくたびれたので、日本人のサラリーマン相手の店のほうがいいっていうので、移ってきたって言っていたよ。たしかにここから見ている限り、客はサラリーマンばかりだ」

一杯のコーヒーを差し出された。

「公務中なので、払いますよ」

路子は体裁を整えた。そのほうが表捜査らしく見える。

「では、五百円」

肩を竦める老店主に硬貨一枚を手渡す。

「電光掲示板が、レトロでなんとも言えないわね。今夜はまだみたいだけど」

「電光掲示板？」

老店主が首を傾げた。

「この前、私が来たときは、文字が流れていたわ」

路子は窓のほうを指さした。

ちょうどフォークでシュークリームを口に運んでいた主婦が、驚いて目を丸くして、咥えたまま窓外に視線を走らせる。

何もない。

電光掲示板がないのだ。

「そういえば、あの日突然、壁にそんなものを取り付けていたな。こっちの窓から丸見えなので、美観が損なわれると、文句を言いに行こうと思っていたが、救急車が来た後は、取り外されていた。簡単に脱着出来るものだったようだな」

簡単に脱着出来る電光掲示板——路子は、そう聞いて息が詰まりそうになった。

「マスター。この店に防犯カメラは？」

「いちおうあるよ。外壁の扉の上……」

「店内には？　あの窓の方向を撮っているカメラは？」

路子は店内を見渡した。

「窓の外まで映っているかなぁ」

老店主が、天井を指さした。黒い太い梁が一本、店を串刺しにするように渡されていた。その梁の中央に防犯カメラが吊るされている。

「あのカメラに私がいたときの映像は残っているかしら？」

「十日分は収録されているはずだ。とはいえ実際見たことなんてないがね」

「どこで見られるの？」

「ちょっと待って」

老店主が、腰を屈めて、カウンターの背後の棚の観音扉を開いた。コーヒー豆の詰まった瓶と瓶の間に、ＨＤＤボックスとタブレットが置かれていた。

「これを繋ぐと見られるはずだ。やったことはない」

防犯カメラの再生など必要のない、平和な店だったようだ。

「私がやります」

カウンター席に腰を下ろし、路子は画像をプレイバックさせた。

五分ほどで、四日前にここに来た時のシーンにたどり着いた。

一番奥の窓際の席。琴美の背中と路子の顔が映っていた。窓の先の電光掲示板は、ぎりぎり映っている。

【★★オールタイム・ハッピーアワー敢行中★★★ブラジャー五〇〇円★★スナック・スターズ★セット料金なし★午後十一時まで営業★★★★③】

そんな文字が流れていた。

会話の最中に何度も流れている。

路子は、プレイバックを繰り返した。何度も何度もだ。次第に背中に冷たい汗が流れ出す。ブラジャーというトリッキーな文言に引っかかり、そこに眼が行っていたのだ。

——星の数だ。

そう気づくまでに、十分の作業を要した。

文字と文字の間に流れる星の数が、その都度違っていた。そして琴美はある一定の反応を示していた。

★—無言

★★—首を振る

★★★—肯定

★★★★—言葉を発する

そう分析出来た。

特に星四つは注目に値する。最後の★にナンバーが振られているのだ。

──用意されたセリフ。

彼女の言葉のぎこちなさはそのせいだったのだ。

映像に音はない。だが路子は会話の内容を記憶していた。

『……どうして心中なんかしちゃったのかなって？』

路子の口はそう動いている。小野里隆と斉藤美枝の関係について尋ねていたときだ。

背後の電光掲示板に流れる星が四つになり、⑥がついていた。琴美の視線がそれを追っていた。

『小野里さんとはマジ恋だったと思います』

琴美がぽつりと言って、下を向いてしまったのを覚えている。⑥のセリフだと思えば、あのぎこちなさは理解出来る。脳内の奥から、なんとか引っ張り出してきたのだ。

『それは本人から？』

路子は確かそう訊き返した。

琴美の首が少し動いた。映像からは視線は確認出来ないが、路子はこのときのことも鮮明に記憶していた。

路子が『それは本人から?』と問いかけた瞬間、琴美は視線を上げて、また窓の外をちらりと見たのだ。

気になって路子も振り向いたので、はっきり覚えていた。

つまり、言うべきセリフのサインを待っている。

そのとき、スターズの前で、ふたりの男が電光掲示板を眺めていた。灰色のオーバーコートを着た小柄な中年男と、黒のダスターコートを着た背の高い若者だった。

寒いのか、中年の男は右耳を押さえていた。

あの夜の路子の目には、サラリーマンの上司と部下に見えたのだが、いまこうして改めて確認すると、印象がだいぶ違う。

会社帰りの酔客というよりも、張り込みの刑事の眼光だ。

頬を緩めて、少し酔っているように装っていても、眼の光だけは隠せない。

ふたりが眺めている電光掲示板。

最後に星が四個流れ、⑦の番号が浮かんだ。

琴美はすぐに切り出さなかった。セリフを忘れたか、きっかけを思い出せない感じだった。プロの役者でも舞台でセリフが飛ぶことがいくらでもある。

琴美は、何らかの形でマインドコントロールされているようだが、言うべき言葉が緊張で途切れてしまっても無理はない。

画面の中の琴美の背中と、男たちの様子を見比べた。中年男が若者の背中を二度叩いて、扉を開くシーンを二度巻き戻して確認する。

トントン。背中を叩き終わると同時に、琴美が口を開いたのだ。まるで琴美自身が背中を叩かれたようにだ。

『美枝さんは、はっきり好きだって言っていました。小野里さんと一緒にいるとキャバ嬢でいるのが苦しくなると。たぶん、夜の街の女として会いたくなくなったんでしょうね』

ぼそぼそと言ったものだ。

同僚を失い、憔悴（しょうすい）しきっていると思い込んでいたのは、大きな勘違いだったようだ。

——丸暗記のセリフを棒読みしていた。

そう見立てたほうが、説明がつく。

あのタイミングで『ブラジャーって何？』と素（す）っ頓狂（とんきょう）な質問をしてしまったのは、奴らの狙い通りだったのだろう。

黒須路子ならそこに興味を持つ。そう読んでいた人物がいるということだ。ぼちぼち見当はついているが、どうしても「まさか」の印象が拭えない相手だ。

ブラジャーがブランデーのジンジャーエール割であるという説明をしたのち、琴美の口調は一気に滑らかになった。

窓の向こうにスナック『スターズ』の扉が開いた後の映像が映っていた。路子が琴美に向き直った後の映像だ。

カウンター席の椅子が見える。先客がふたり座っていた。中年と若者のサラリーマン風の男たちは、先客に片手を上げながら入っていった。顔見知りのようだ。

カウンターに肘をつく先客の横顔が映っている。手前にいるほうだ。

――この男！

眼を凝らしたが、静止された映像は荒い。ズームアップしたいが老店主の旧式タブレットにはその機能がなかった。路子はタブレットに右目を近づけた。凝らしてみる。

間違いない。芸能プロ『エイトヘブン』の社長、八神貴之だ。

赤坂でも見かけた男だ。胸の鼓動が高まり、息が苦しくなった。琴美を操っていたのはこの男ということか。

そして自分は、琴美の言葉に誘導されて、赤坂に出て行った。彼らは待ち構えていたのだ。

扉が閉まる瞬間、その八神の背後から、もうひとり男が、顔を覗かせた。はっきり見えない。整った顔の持ち主だ。やはり芸能関係者か？　それとも半グレか？

「マスター、このデータ借りていい？　捜査令状がないから任意になるけど。借用書は書くわ」

拒否される可能性は少ないとみて、もっともらしい手順を伝える。

「もちろんですよ」

老店主は何度も顎を引いた。路子は、レジの横にあったメモ用紙に、データ借用の内容を記入し手渡した。捜査一課、中川明菜とサインする。

「略式だけど効力はあるわ。警察が返品するまで保管しといて。まぁ三か月は預かることになるけど」

「かまいませんよ。用が済んだら廃棄でいい」

むしろ面倒くさいことに関わりたくないという顔だ。

「所轄の関係で、困ったことがあったら、個人的に力を貸します。それは警視庁ではなく、こちらの番号に。そのときによって私は名前を変えて出るので、そちらの名前を教えてください」

「近藤俊博（こんどうとしひろ）だ」

老店主がショップカードに携帯番号を書いて差し出してきた。

「捜査協力ありがとうございました。最後に一つ、スターズは何時に開くの？」

「時短要請で閉店が早くなっているから、オープンも早い。六時には開くかと」

「ありがとう」

路子はベルンを出て、通りを渡ってスターズに向かった。

3

スナック『スターズ』の扉をノックしてみた。返事はない。扉の横の壁には、五十センチの間隔をおいてビスの穴が縦に四個ずつあいていた。電光掲示板を外した形跡のようだ。

ノブを回してみる。

当然、開きはしなかったが、施錠（せじょう）はシンプルなキーのようだった。路子は素早くポケットから万能キーを取り出し、鍵穴に挿し込んだ。指の感触を頼りに、ポイントを探す。引っかかりを感じた。回転させると、あっさり解錠（かいじょう）された。

ノブを回して、足を踏み入れる。

扉を閉じつつ、その脇にあった電源スイッチを押した。天井のライトがつく。六分（ろくぶ）程度に絞られた明るさだ。水商売の店では客が帰った後しか全灯にはしない。床の染みなど粗（あら）

が見えるからだ。

路子はぐるりと見渡した。

左側にカウンター。右側が壁に沿ったソファ席。詰めても六人ぐらいしか座れないだろう。ローテーブルが二脚並んでいた。ある意味、定番の配置だ。

冷え冷えとした店内に、昨夜の残り香のように、うっすらとアルコールの臭いが漂っていた。花瓶に挿した薔薇(ばら)の臭いがそれに混じりあっている。

客のいないスナック特有の臭いだ。

もうじき、今夜の花と取り替えられるのだろうが、薔薇は萎(しお)れていた。

天井から吊るされた液晶モニターの真下に、カラオケ設備が置かれている。路子の実家と同じ通信カラオケＤＡＭだ。

リモコンを取りスイッチを入れた。『リレキ』を見る。昨夜、客が歌ったと思われる曲が並んだ。

洋楽ばかりだった。

キャロル・キングの『イッツ・トゥ・レイト』、ピーター・ポール＆マリーの『花はどこへ行った』、ブラザース・フォアの『グリーンフィールズ』で始まり、ボブ・ディランへと続く。後半はジャニス・ジョプリンの『ミー・アンド・ボギー・マギー』やジェファーソン・エアプレインの『サムバディ・トゥ・ラブ』などのナンバーだ。

六〇年代から七〇年代の楽曲ばかりだ。

キミコというママが横須賀時代の郷愁(きょうしゅう)に惹かれて歌っているのか？

路子はカウンターの中に入った。ボトルの並んだ棚の下にある引き出しを開けてみた。

丁寧に白布のナプキンに包まれた束がいくつもあった。フォークやスプーンのセットだろうか？

路子は取り出し、包みを広げてみた。

妙なものを発見した。中にあったのはインカムとその受信機だ。

イヤホンとジャケットの襟やシャツの前立てにつけるピンマイクセットが五組ほどあった。布ナプキンに包まれた束は他にもいくつかあった。コンクリートマイクや通信傍受器。

次々に開いてみる。

他には注射器(ポンプ)。

それも覚醒剤常習者が使うような小型注射器ではない。馬に刺すような太くて長い注射器だ。針は装着されていなかった。路子は注射器の尖端の臭いを嗅いだ。無臭だった。

だが、透明な注射器に重なって、拉致されたときの川崎の様子とカツトシたちの顔が浮かぶ。

——肛門からのアルコール浣腸。

強引ではあるが、繋ぎ合わせることは出来る。

続いて、菓子の缶が出て来た。蓋を開けると、運転免許証やマイナンバーカード、クレジットカードがびっしり詰まっていた。

特殊詐欺集団の隠れ家か？

ベルンの防犯カメラに残っていた元半グレで芸能プロ社長の八神貴之の顔が、それを裏付ける。

さらに引き出しの奥へ手を伸ばすと、板に当たった。棚の幅に対して引き出しの長さが浅すぎる。そう直感して、引き出しを抜き、奥を覗いた。間仕切りのようだ。手を伸ばし、拳で叩いた。仕切り板は簡単に倒れた。その向こうに、茶色の油紙に包まれた塊が見えた。

——出た。

路子は小躍りした。

塊を引っ張り出して、油紙を開くと、銀色のメッキが施されたトカレフが現れた。通称『ギンダラ』。見事に磨き上げられている。そいつが三丁も出て来た。弾丸はなかった。

——こいつは半グレなんかの仕事じゃない。

そう直感した。銃の保管ほど面倒なことはない。錆びつかないように常に磨き、時には分解掃除も必要になる。そういった手入れを怠ると、暴発や、トリガーを引いても発射しないなどというトラブルが発生する。

しかも、この国では銃は、無断所持でも重罪になる。

近頃では本職の極道や中華マフィアでも必要に応じて、道具屋からレンタルするのが普通になっている。そんなリスキーで面倒なことを半グレはしない。彼らの武器は、金属バットで十分なのだ。

銃の手入れに精通している人間と言えば、軍人だ。米兵——ここのママが横須賀出身であることと繋がってくる。

米兵であれば、S&Wであろうがトカレフであろうが、その機能に精通している。手入れ用の道具も所持しているはずだ。

怪しい。

路子は、さらにあちこちの扉を開けた。シンクの下の扉の中にコピー用紙の束があった。店内のどこにもプリンターやファックスは見当たらないのにコピー用紙とは。束を取り上げて納得した。

コピー用紙でもあるが、こいつは水に溶ける紙だった。どんな機密が書かれていても、トイレや水を貯めたバスタブに流すだけで、すぐに溶かすことが出来る。

拳銃、通信傍受機器、ヘッドセット、偽造と思える大量の運転免許証とクレジットカードに水溶紙だ。

こんなものを使うのはテロリストか、さもなくば、それを取り締まる諜報機関の工作員だ。

横須賀、米兵から連想するのはＣＩＡ……。

羽田で命を救ってくれた漁師、加藤の皺だらけの顔が浮かぶ。

戦後のさまざまな怪事件にはＣＩＡが関与している。

そしてその下請けは日本の公安とも言われているのだ。

路子は苛立った。

なにかを摑みかけているが、指の間から抜け落ちていく。

平尾と金田、そして自分と川崎を潰そうとしたのは、やはりあの男なのか?

カウンターを出て、椅子の前に立ちカラオケのリモコンボタンを押した。

リレキの一番上にあったナンバーが鳴り出す。

キャロル・キングの『イッツ・トゥ・レイト』。

独特のリズムのイントロに、唐突にキャロルの虚無的な声が重なる名曲だ。母の得意ナンバーでもある。

もちろん、カラオケだから歌はない。路子は、オケに合わせてメロディを口ずさんだ。

『イッツ・トゥ・レイト』。

小ばかにされている気分だ。

この事件の首謀者が、まるで路子がここにたどり着くのを想定してこの曲を入れていたような気がしてならないからだ。そんな演出をしたがるのは、やはりアイツだ。

突然、扉が開いた。

「あんた、マジ面倒かけてくれるわね」

注射器を持った女が飛び込んできた。

紅く染めた髪をパーマできちんとセットしてある。濃いメイクで無理やり顔をくっきりさせていた。ピンクのニットセーターに黒のエナメルのパンツという派手な服装も、逆にこの女が七十歳であることを際立たせてしまっているようだ。

女はこの店の経営者、キミコに違いない。

「あら、ママさん。来るのを待っていたのよ。だって、訊かなきゃ、全然意味わからないんだもの」

　路子はカウンターの上に、散らかした拳銃やヘッドセットなどを指さして、口を尖らせた。同時にポケットに手を突っ込み、缶コーヒーサイズのスタングレネードを握る。

「オープン時間なのよ。さっさと眠ってもらうわ」

　キミコが注射器をナイフのように突き出した。大昔のギャング映画に出てくるような言い回しだ。

「急性アルコール中毒にでもして、救急車を呼ぶつもり？」

　路子はカウンター伝いに回った。少しでも扉に近づきたい。

「処理の方法は後回しよ。とりあえず眠ってもらうわ」

　言った瞬間、キミコが床を蹴った。獣のように宙に飛び上がる。七十歳には思えない精悍な動きだ。

　侮（あなど）った。

　注射器が頭上から降ってくる。

　扉側にステップして直撃を躱（かわ）した。

「ふん。刺すまでもないわ」

　着地したキミコが、路子の右目に針を向けて注射器のプランジャーを押した。しゅっと液体が飛び出してくる。

咄嗟に目を瞑った。片眼だけ瞑るつもりが両眼を閉じた。その瞬間、キミコの右足が飛んでくる。ヤンキーの喧嘩殺法だ。

「うっ」

足元を掬われるとはまさにこのことだ。身体のバランスを失い、路子はカウンター用の背の高い椅子をなぎ倒しながら、床に横倒しにされた。椅子に額や肘をしたたかに打った。今月は打撲だらけだ。

それでも床を回転して扉側に回った。

「ねぇ、ちょっとこの女を押さえてよ」

キミコが叫ぶと扉が開いた。男がふたり踏み込んでくる。

中年男と背の高い若者のコンビだった。今夜はどちらもカーキ色の特攻服を着ていた。

「ったくよぉ。カットシたちも詰めが甘いぜ」

中年男の編み上げブーツの爪先が飛んでくる。半回転して腰で受ける。

「くっ。なにすんのよ」

尾骶骨が痺れてすぐに立ち上がれない。

「蹴りはいいから、押さえて。こいつを打ったら、痺れて動けなくなるんだから」

キミコが新しいアンプルに注射器を挿しこみ液体を吸い上げている。筋肉弛緩剤のようだ。打たれたらアウトだ。どこかに連行され、今度こそはきっちり殺されるだろう。死因には工夫をしているが、殺害という明確な目標を持った連中だ。二度は外すまい。

ふたりがかりで、左右を押さえてきた。

打撲の痛みをこらえて、身体を振る。扉まで五十センチだ。

自爆覚悟の一か八かしかない。

路子は、ポケットの中で、スタングレネードのプルを引いた。そのまま取り出し、キミコの顔に向けて放り投げる。メイクで高く見せている鼻梁にヒットした。

「痛っ」

キミコが顔を顰める。弾き飛んだスタングレネードを、男ふたりは訝し気に眺めていた。そう、眺めていてくれたほうがいい。

路子は、眼をきつく瞑り、両手で耳を押さえた。

胸底でカウントを取る。

3・2・1

ドカン！

閃光が放たれ、爆音が鳴った。

閉じた瞼の裏側でさえ真っ白に輝いた。聴力は一瞬にして失われた。聞こえない。人間の鼓膜には耐えられないデシベルの音量が鳴ったのだ。

三人が叫んだのか、その間もなかったのか、その気配すら感じなかった。

光量も人間の眼を潰す量だ。暗闇でいきなり太陽を見るようなものだ。

路子は、無音の世界にいた。

眼もまだ開かない。ゆっくりと慣らすことだ。両手で耳を押さえ、眼を瞑っていても三半規管は狂わされている。下手に立ち上がると、気分が悪くなるだけだ。

それでも、威力を予知していたものと、そうでなかったものとの差は大きくあったはずだ。無防備だった三人はどうなった？

スタングレネードは、そもそも人質奪還などのために敵陣に放たれる閃光弾だ。フラッシュバンとも呼ばれる。音と光で敵を一時的に気絶させる武器だ。

効力は三分ほどで、死ぬことはない。この場合、威力を半減させる対処を取れた路子のほうが回復が早いはずだ。

約一分待った。

恐る恐る目を開けた。視界の中心に白い球が浮かんでいた。五十パーセントの情報量しか入ってこない。徐々に回復するはずだ。

床に片膝を突き、周囲を見渡した。

キミコはうつ伏せに、ふたりの男は仰向けに倒れている。どちらの男の顔も苦悶に満ちていた。キミコは耳を押さえたまま、腰をヒクつかせていた。

キミコのポケットを探った。スマホがあったので奪う。尻ポケットに挟んだ。若いほうの男が目を開けた。だが眸は動かない。まだ何も見えていないらしいが、自分の意識も、覚束(おぼつか)ないのだ。早くこの場を去ったほうが得策のようだ。

証拠を残さぬため、キミコの真横に落ちているスタングレネードの残骸を拾った。拳銃や通信機器、水溶紙は、そのままに置いておく。所轄の手柄になるだろう。

扉を開け、路上に出た。立っているのがやっとだった。行き交う人々も、耳を押さえたり、指を突っ込んでいたりした。

カラオケで大音量を発するスナックということもあり、それなりに防音設計がされていたようだが、それでもスタングレネードの爆音は相当漏れたようだ。光を浴びなかったので、巻き込み事故には繋がらなかった。

路子の聴力はまだ回復していないので、町の様子もサイレント映画のように見えた。

向かいの喫茶店ベルンの窓際からは主婦たちの姿が消えていた。轟音(ごうおん)に爆発でも起こったのかと飛び出しても不思議はない。

代わりに老店主の近藤が店の中央で、ステンレス製のコーヒーポットを持ったまま、口をあんぐりと開けていた。

重い身体を引きずりベルンの前まで歩いた。壁に寄りかかり、ジャケットの内ポケットから自分のスマホと、先ほど貰ったダイナミック交通の堀木勇希の名刺を取り出した。

ようやく視界の七十パーセントまで回復した眼で、名刺の番号を拾いタップする。

呼び出し音が微かに聞こえた。その音が止まったところで一方的に喋った。

「さっそくだけど、さっき降ろしてもらった喫茶店の横まで、お願い出来るかしら」

「はい。大丈夫です。全然お客さんいなくて。すぐに行きます」

勇希がそう言った気がした。あくまでも気がしただけだ。全然聞こえていない。

4

六本木。

午後十一時になっていた。

路子は東京ミッドタウンの地下駐車場にタクシーを停めてもらい、状況を分析した。二十四時間営業の駐車場だ。

すでに二時間、停車していた。

タクシーは借り切った。

まずは、即席オフィスとして使っていた。しかもこの女性ドライバー、腕がいい。明日の朝まで付き合ってもらうことにした。料金はすでに八万円を超えている。

首都高で飯倉を降りた頃には、路子の頭もすっきりしていた。

停車してから、スマホであれこれ検索した。

その間、ドライバーの勇希に、食糧の買い出しを依頼した。勇希は嬉々として買い出しに行き、サンドイッチ、コーヒー、それに惣菜を購入してきてくれた。使える子だ。

キミコのスマホには情報が詰まっていた。客や取引先の発着信履歴、ラインやメールも数多く残っていた。

路子はそのひとつひとつを精読し、キミコが何者で、スターズにはどんな客が訪れていたのかをチェックしていった。

手間がかかるが、動き回るよりも楽だ。

捜査二課に賄賂のバラまきで逮捕された参議院議員、広田光恵も、全裸になる身体検査には応じたものの、スマホの提出だけは最後まで拒んだという。

スマホにはそれだけ機密情報が埋め込まれているものだ。しかも、ハッキングされることを恐れながらも、一度便利さを覚えたら、口座番号やクレジット情報、人に知られてはならない交流相手など、個人情報のすべてを入力してしまうものだ。盲目的にセキュリティを信じ、不倫相手などは実名で書き込んでいたりする。

キミコはそれなりに慎重だったようで、男性の名前はすべて姓を省略していた。名前はすべてカタカナだ。ケンタ、タカシ、タカユキ、トオル、ヨシカズ、シンゾウなどだ。

小学生でもない限り、普通の大人は、苗字で呼び合う。したがって、名刺を貰っても、名前を記憶していることは少ない。

逆に大泉、谷口、今村、松永、といった苗字はすべて女性のようだ。男は女性の名前をファーストネームで記憶することが多い。特に飲み屋で知り合った場合は、相手がプロでなくてもそうだ。

他人の記憶に残りにくいほうで入力している。用心深い。

キミコの本名は、料金通知から三井君子と判明した。

ケンタやタカユキとの交信が多かった。

ケンタは六本木のキャバクラ『キャロル』の店長有島健太だ。

【店名は『キャロル』から『キング』に変える。ツネさんからの命令だ。ケンタ】

事件の一週間後。

ツネさん……司令塔か？

ツネの付くアドレスを絞り込んで探す。

カツトシやショウタもあった。このふたりの名前を見るたびに、川崎の顔が浮かび、自分の身体のあちこちも痛み出す。

たぶんやつらを殺さない限りこの痛みは消えない。

殺すとさっぱりするのか？

復讐に意味はないと人は言う。

いや、しないよりマシだ。法は万全ではない。怒りに任せて突っ走ることが、正義となることもあるはずだ。

ツネオ、ツネユキ、ツネヒコというアドレスがあった。

「お客さん、興信所とかそういう関係の人ですか？」

ドライバーシートに身を沈め、サンドイッチを頬張る勇希が聞いてきた。

「探偵会社。不倫調査とか、詐欺男を拉致して、現状回復するように恫喝（どうかつ）することもある。人には言えない闇の仕事よ」

路子は、不気味に笑って見せた。

「凄いですね。その仕事に就くにはどうしたらいいんですか？」

勇希は眼を輝かせた。

「おいおい教えるわよ。今夜は、専属運転手ということでよろしく」

路子は、キミコのスマホから、ツネオに発信してみた。

「どうもぉ、ママ。クリスマスから顔を出してなくてすまないね。うち、まだ自粛でさ……」

中年らしい男の声。普通の客のようだ。

「すみません、新しく入った明菜です。ママからちょっと電話してみてって言われたものですから」

「おっ、新しい子か。いくつだね」

電話の向こう側は賑やかだ。他の店で飲んでいるらしい。自粛なんてしていない。

「二十歳（はたち）になったばかりです。一度、明菜の顔を見に来てくださいよ」

「行くよ行くよ。今夜にでもな」

「ツネさーん待ってます」

電話を切った。

「お客さん、二十歳ですか」

ルームミラー越しに勇希が厳しい視線を寄越した。汚れ仕事には向かない、まっすぐな

性格のようだ
「囮電話よ。真に受けないで」

尖った声を上げ、ツネユキにも電話をかけ、同じように新人を装った。

「頼むよ。いま家の玄関前だ。入ってから鳴ったらどうするんだ。妻や娘がいるんだぞ。ママともあろうプロが信じられんよ」

即、切られた。

午後十一時二十分。たしかに一般人への営業電話は非礼である。母に知られたら、さぞや罵られるだろう。

路子は大きく息を吐いて、最後のツネヒコの番号をタップする。

コール音一発で、繋がった。だが、声は発しない。路子も黙った。迂闊に声を聞かせてはならない相手の気配だ。

切りもせずに堪えた。

「おまえ、誰だ？」

低い声だった。こいつが有島に店名変更を入れたツネさんであろう。余計な情報は渡さないほうがいい。

路子は、即座に電話を切った。

自分のスマホで、組対四課に電話を入れた。同僚が出る。金を貸している吉川学だった。三十二歳、巡査長。二期先輩だが金を貸している強みで、ため口で言う。

「この番号とアドレスを照会して。テロリストか暴力団の非公然幹部。華僑マフィアの可能性もあり。今月の利息はナシにしてあげる」

通信会社の壁は高い。警視庁とはいえ、裁判所からの許可なく、電話番号から個人名などを聞き出すのは難しい。

出来るだけ、怪しい相手であるという情報を流す。

「やってみるよ」

利息を消す努力をしたいようだ。五分ほどで、吉川から折り返しがあった。

「まったく歯が立たない。携帯会社から、警視庁の総務部長を通してくれと叱られた。なんだこの番号？　警視庁のか？」

吉川は早口でまくし立てている。

「そう。わかったわ。結果が出なくても、作業をしてくれたことは認める。利息は三か月免除してあげる」

路子はあっさり答えた。総務部長を通せ、という相手の反応だけで十分だ。この番号は、警視庁に割り振られた番号に違いない。

「ありがたい」

吉川の声が弾んだ。

「だから、私がこの番号を照会したことについては、内密に」

路子は含みを残した。

「承知している。富沢部長が今朝から何度も監察室に呼ばれている。なんかおかしいぞ。おまえなんかやったか？」

「特殊捜査の内容は言えない。部長も年貢の納め時のようね。私は上司は誰でもいい」

募る不安を抑え、路子が軽口を叩いた。

上層部が動き出しているのは確実だ。

警視庁の隠蔽体質は、霞が関一だ。急がねば自分も潰される。

車載時計を見た。午後十一時四十五分。

「一時間後に出発してもらうわ。暴れることになるから、ちょっと眠る。零時四十五分になったら起こして。別料金を払う」

「わかりました」

勇希が頷いた。

5

「最後の車が出たら、あの男を攫うから」

キャバクラ『キング』のすぐ手前。ダイナミック交通のタクシーが乗車プレートを上げたまま停車していた。

先ほどからキャストを送る契約車が、何台も店の前に到着していた。アフターの予定のないキャストは、居住方向ごとにまとめられ、集団で送られるのだ。

黒のタキシード姿の有島健太が、路上に立って、帰宅するキャストひとりずつ「お疲れさん」と声をかけていた。

午前一時を回ったばかりだった。

路子の乗るタクシーの前にすでに七台目のミニバンが横付けされ、五人ずつキャストを連れ帰っていた。この時間でキャストが続々と引き揚げていく様子は、水商売の家の娘としては胸が痛い。ここからのアフターこそが、お水の花道ではないか。

「わかりました。おっさんですが、それなりに暴れそうな相手ですね」

勇希が指を鳴らし始めた。首も回している。

「あんたは運転するだけよ」

「そうでした」

路子にたしなめられ、勇希は残念そうにステアリングに両手を並べた。

最後列にいた黒のエルグランドが、後部席に四人乗せ、出発していった。

有島が背後に並ぶボーイたちに片手を上げて、いったん店に引っ込む。五分後に、タキシードの上に、黒のカシミアコートを羽織って出て来た。煙草を咥えている。

「空車に戻して」

路子は、後部席から手を伸ばし、勇希の脇に一万円札十枚を置いた。

「了解！」

勇希が表示板をレッドの『乗車』からブルーの『空車』に切り替えると同時に、路子はシートに身を伏せた。

車がゆっくり前進する。

「おっさんが、手を上げました」

「止まって扉を開いて」

「了解っす」

車が止まった。自動扉が開く。乗り込もうとして腰を屈めた有島の顔が引きつった。

路子は、その瞬間を見逃さなかった。

「アフターに付き合って」

有島の腕を取り、強引に車内に引きずり込んだ。有島は路子にのしかかるように車内へ転がり込んでくる。すぐにオーバーの合わせから手を入れ、タキシードの股間を握った。

玉ハグ。ゆで卵のような睾丸(こうがん)を、ぎゅっ、と潰す。

「ぐえっ」

有島の、顔がくしゃくしゃになり、眼が飛び出しそうになっている。

「板橋のキミコって何者よ」

握力を強めながら尋問する。

「うっ、逮捕状もなしに何しやがる」

有島は、額に汗を浮かべながらも、身体を懸命に引いている。

「うるさいわねっ」

睾丸を握ったまま、顎のあたりに頭突きを食らわせてやる。

「うわっ」

前歯が折れる音がした。もがいた有島が、前部席との間の隙間に転がり落ちた。その腹を鉛入りの革靴で蹴りまくる。

悪党を尋問するには、徹底的に恐怖心を植え付けることだ。

様々なものが吐き出され、有島は黙った。

タクシーは東京タワーの脇を抜け、浜松町(はままつちょう)に出た。そこから芝浦(しばうら)に向かう。勇希にはすでに行き先を伝えてある。

海岸通りに出て、運河に面した倉庫にたどり着く。

すでに廃業している自動車修理工場だ。かつては泰明自動車の看板が上がっていたが、いまは、それも外され、廃屋になっている。

以前から鍵を預かっていた。修理工場の使い方はいろいろある。拷問道具に事欠かないからだ。

暗闇の中、通りとヤードを隔てたチェーンを外し、タクシーを乗り入れた。

波状のトタンに覆われた古い工場の鍵も開ける。天井の梁(はり)からいくつものチェーンがぶら下がっていた。あちこちから錆びた鉄と油の臭いがした。

ヒューと、有島を背負ってきた勇希が口笛を吹いた。

「最高のトレーニングジムだわ」

「好きなときに使わせてあげる。チェーンでも振り回したらいいわ」

「ほんとですか」

勇希の眼が輝く。気持ちはまだ格闘家のようだ。

「その鉄板の上に、そいつを下ろして」

目の前の赤錆びた畳一畳ほどの鉄板を指さした。油圧で車を持ち上げるリフトジャッキだ。

「はい」

勇希が威勢よく有島を鉄板に叩きつけた。下ろすというより背負い投げだ。タキシードには、路子の靴底の跡がたくさんついていた。

「ぐふっ」

衝撃で有島が覚醒したようだ。半身を起こし頭を振っている。

すかさず、その頬に回し蹴りを食らわした。

「うわぁあああ」

有島の顔が歪み、横倒れになった。床に欠けた奥歯を吐き出し、荒い息を吐いたままだ。

「逮捕状（フダ）もなしに、こんなことをして許されると思っているのか」

血まみれの顔だが、眼だけは異様な輝きを放っていた。

「お客さん、カッコイイです。ほれぼれします」

勇希がアイドルでも見るような熱い眼差しを向けてきた。

「バカ言ってないで。そこのホースから、水出してくれない。全部別料金で、帰りに精算するから」

勇希にはそう答え、有島に向き直った。勇希が工場の端にある蛇口へと向かった。

「やられたら、やり返すだけよ。万倍返ししてね」

ホースが蛇のように踊り、水を飛び出させ始めた。路子は尖端を握り、有島の顔の前にしゃがんだ。

「私が飲んだ量と同じ分だけ飲ませてあげる。普通は死ぬわ」

ホースの尖端を口に押し込んだ。タイミングを計ったように、勇希が栓をどんどん回した。このタクシードライバー、ドSだ。水圧が上がる。もう一方の手で有島の鼻を摘む。

「んんんんぐっ」

口から水を溢れさせながら、有島はもがいた。

「お腹がパンクするまで飲ませてあげる。本当に破裂するらしいわよ。風船ガムがはじけるみたいにパーンと」

「んんんんんんっ」

有島が激しく顔を振った。いったん外してやる。ゴボゴボと水を噴き上げている。

「もう一度訊くわ。キミコって何者？　本名は三井君子でしょ」

本名を聞いて有島の眼が見開いた。観念したような眼だ。

「シルバーブラザース証券の情報収集者だ。平たく言えば産業スパイ。元は横須賀に駐留していたアメリカ海軍将校の情婦（イロ）だ。その将校が、退役してシルバーブラザースの上級副社長になった」

そこまで言って、有島はまた大量の水を噴き出した。シルバーブラザースは、ニューヨークに本社を置く証券会社だ。日本進出は一九九五年。日本市場のグローバル化の先駆け的存在だが、一方で対日工作機関との見立ても可能な企業だ。

二〇〇一年前後から、外国企業の日本進出が本格化し、合併や買収も増えた。その先兵となっているのが各国の投資会社。証券会社とは言うものの、国内証券会社とは異なり、いずれも乗っ取り屋だ。

謎が解けてきた。米系投資会社には常にＣＩＡの影がちらついている。企業買収こそが対日工作であるが、彼らの視線は日本海の向こう側を向いている。中国、ロシアに対する防衛措置でもあるからだ。

路子は、立ち上がった。

今度は有島の全身に水をかける。

「ひえぇぇえっ」

タキシードの上下すべてを水浸しにしてやった。温度は室内でも四度程度だ。

「染みると体温を奪うわ。そのうち眠くなるわよ。でも寝たら、そのまま凍死する。温かい部屋に連れて行って欲しかったら、キミコやあんたがやっていたことを白状することね」

有島は胎児のような格好で横になったまま、ひたすら頷いた。路子は、続けた。

「うちの店は、情報収集のアンテナだ。一流企業の連中の名刺をとにかく集める。その中からハニートラップを仕掛ける相手を見つけるんだが、それをやるのは俺じゃない。キミコだ。彼女に名刺を渡すと上と相談して、マトにかける相手を命令してくるのさ」

「上っていうのは？」

路子はホースの口を窄めた。水勢が増す。

「知らないんだ。本当に知らない。シルバーブラザースは、うちの親会社の金主でもあるが、店の運営は俺に任されている。水商売の中身まで首を突っ込んではこない。単純に店の女が、客をたらし込めばいいんだ。そんなのどこの店も同じだからな」

「落としたい客がいたら、寝ろと言うのはあんたの仕事ね。売春教唆で、ぶち込めるけど」

「違う。俺は自分の店のキャストにウリなんか強制しない。だいたい客との関係まで管理出来ない。そもそも女が勝手に男とつるんだら、俺たちのことなんか、いくらでも裏切れる」

それはそうだ。キャバクラのキャストは、戦前の遊郭女郎ではない。よほど巨額の前借でもない限り、店の言いなりにはならない。そしてそれほどの大金は貸さない。

ピンときた。マトにかける男には、専門の女を用意するのだ。

「エイトヘブンの八神が調達してくるのね」

言うと、有島の眼が泳いだ。図星のようだ。

「ジーナも、八神の手配だったんでしょう。芸能プロの視点で発掘し、工作員に育成した……そうでしょう」

推論をぶつけた。果たして有島はがっくりと頭を垂れた。

「雷通の小野里もひっかけられて、情報収集やマスコミ、企業への工作を強いられていたのね」

すべての辻褄が合ってくる。

「平尾啓次郎は何故やられたの？」

「それも本当に知らない。ジーナと小野里さんが出来ていたのも事実だし、ジーナは元々、西麻布の会員制バーで働いていた。会員制バーと言えば体裁はいいが、早い話が売春クラブだ。働いていた女は、エイトヘブンのような半グレ出身者が経営する芸能プロに所属して、芸能人の卵にということになる。売春婦だが、箔がつく。政治家や財界人、芸能人と関係を持つが、デビューが前提にあるから、どの子も口を割らない。そのうち徐々にキミコや八神に洗脳されていく」

身体を震わせながら言っている。唇が紫になり始めていた。

「洗脳？」

「政界や芸能界の秘密を知ってしまったんだから、自分たちの側に立たないと、事故死することになるぞ、と脅されるのさ」

「ジーナ……美枝さんもそういうことだったのね。そして最後は本当に事故死にされた」

「そういうことだ。あんたに攫われた以上、俺も戻ってもやられるだけだ。保護してくれ」

有島がすがるような眼をした。

「一回死んだことにするしかないわね」

極道のヒットマンや工作員がよく使う手だ。犯罪機関のノウハウは、警察としても役に立つ。

「なんでもいい。平和に暮らしてぇ」

「協力しだいね。この男は何者？」

路子は、ベルンの防犯カメラ画像から転写したスターズのカウンターに座る男ふたりの写真を見せた。

手前は八神だ。奥で笑っている男。正体を知りたいのはこいつだ。

「ツネヒコさんです。シルバーブラザースのアドバイザーだと聞いています」

「アドバイザー？」

「シルバーブラザースが日本国内で投資をする際のアドバイザー。実際、キャバクラや芸能プロにでっかい金を運んできたのはこの人だそうだ。キミコにそう聞かされている。俺なんかは、メールで命令されるだけだけどね。小野里さんは会ったことがあると言っていた」

「キャロルからキングに店名を変えろと言ったのもこの男ね」

「そう。本国からの案だと言っていた」

有島の呂律が回らなくなってきた。限界らしい。

「勇希。この男の服を脱がして」

「えっ、それも私ですか？　男の裸、苦手ですよ」

「急ぐの、死んじゃうから。濡れた服全部脱がして、そこの襤褸(ぼろ)毛布に包んで、車で寝かせるわ。暖房ガンガンに効かせたら、たぶん蘇生する」

「しかたないなぁ」

勇希が有島のタキシードを脱がし始めた。トランクスの中で勃起していた。勇希が如実にいやな顔をした。

男はダメなタイプかもしれない。

それにしてもツネヒコという男、何者であろう。

路子は漠然とそう考えた。それがもっとも納得のいく仮説だ。

——ＣＩＡの代理人？

スマホが鳴った。

富沢からだった。

『黒須、たったいまおまえに逮捕状が出た。板橋のスナックママ殺しの容疑だ。非公開捜査になっているが、それも三日間だけだぞ。広報がそれ以上は、マスコミと協定出来ないと言っている。黒須、おまえ何をやった。もう俺の手には負えんぞ』

語尾が震えていた。

協定は通常、誘拐犯など容疑者に警察の動きを知られないために、マスコミとの間に取り交わされるものだが、警視庁内容疑者ということで、身柄を確保するまで報道を留保してもらっているということだ。めったにない措置であり、マスコミがそれを聞き入れたのも不思議だ。各報道機関のトップに直接長官なり、あるいは官邸が動いた可能性が高い。それをなしうる人物は数少ない。

六本木の自分たちの触角店であるキャバクラの店名を『キャロル』から『キング』に変えて、同じく諜報員たちの密談場所であった板橋の『スターズ』で『イッツ・トゥ・レイト』を歌う洒落者。

路子はよく知る人物の顔を思い浮かべた。

「富沢部長、心配ないですよ。敵の正体はもうわかりました。部長は、のんびり監察の査問を受けていてください」

「敵とはいったい誰なんだ」

「知らないほうがいいですよ。それより広報の武田課長とエイトヘブンの八神のつながりはわかりました？」

そこも確実に絡んでいるはずだ。

「ズブズブのようだ。武田は、三年前に警視庁の特殊詐欺防止キャンペーンのイメージガールに起用された女優、永村摩矢（ながむらまや）と西麻布の会員制バーで頻繁に会っている。証拠はまだ挙がっていないが、男女の関係にあることは間違いなさそうだ。雷通の小野里とも同じ店で顔を合わせているという証言も取れている。どうやら、さして売れていないアイドルの所轄署の一日署長や交通マナーイベントなどのゲストに起用していたらしい。八神としては、公的機関の仕事を取ることで、事務所のイメージアップを図る効果を得ていた。八神は、タレントを武田に紹介するだけでなく、他にも武田に恩を売っていた」

「たとえば?」

「芸能プロとしてのマスコミへの影響力を行使していたのさ。警察官の不祥事や捜査ミスが起こった場合、ワイドショーに圧力をかけていたようだ。自社の有名タレントの恋愛や独占インタビューを交換材料(バーター)にな。武田は、自分の手柄として報告、広報課内での地盤を固めていたわけだ」

こと民放のワイドショー番組に限っては、有力芸能プロのテレビ局への影響力は、雷通や博祥堂(はくしようどう)よりも強い場合がある。大物タレントの独占インタビューや、結婚、離婚の抜きは、ダイレクトに視聴率に現れる。

「捜査情報を流していたとも考えられるわね」

路子は語気を強めた。

「大ありだ。査問を受けるのはあいつのほうだろう。それで小野里隆と斉藤美枝の自殺の全貌はわかったのか？　殺人ではないのか」

自殺に見せかけた殺人。小野里隆と斉藤美枝は、むりやり特攻隊に仕立て上げられたのではないか。

それが路子の見立てだ。

「部長、たぶんこのスマホもヤバイので捨てます。連絡は、街中のボックスで」

そこまで言って電話を切った。富沢もセキュリティの万全な特殊スマホを使用していると思われるが、長話は危険だ。

なんといっても諜報のプロが自分や富沢を排除しようとしているのだ。

路子はその男の顔を思い浮かべた。葉巻を片手に『イッツ・トゥ・レイト』を歌っていそうなやつだ。

すぐさまスマホを床に放り投げ、脇にあった大型ハンマーで叩き潰した。瞬時にして液晶画面が砕け散り、中の基盤も木っ端微塵に砕けた。

「悪いけど、スマホも貸して。足のつかない番号が必要なの」

勇希に頼んだ。

「あの、お客さん本当は刑事なんですよね」

勇希が、おずおずとスマホを取り出してきた。緑と白の市松模様のシールが貼られていた。集中力が高まりそうなスマホだ。

「いまのところは、まだ刑事。潜入担当なんだけど、ちょっと微妙な立場になっている。信じないと思うけど、すべてお金で解決するから、三日ばかり協力してくれないかしら。本名は黒須路子よ」

　車と助手がどうしても必要だった。

「久しぶりにワクワクする話ですね。私も闘ってよいのなら、協力ではなく参戦させてもらいます」

　勇希がまっすぐな視線を寄越す。見られた自分がこっぱずかしくなるほどの純な眸だった。

「いいわ。では相棒（バディ）ってことで」

「私、タッグマッチでは、二度優勝しているんです。ひとりじゃ勝てないけれど、タッグを組むと勝てるタイプ」

　それは、単純な理由だ。パワーはあるが作戦が下手だということだ。路子はスマホを受け取りながら伝えた。

「ただし作戦を立てるのは私。いいわね」

「了解です。ボス」

勇希のスマホを借りて、関東泰明会の上原淳一に電話を入れた。元ホストで、いまはようやく見習いを終えて総本部付きの若衆をしている。

「葬儀の準備で忙しいのはわかっているんだけど、私のスマホのクラウドデータ、すべて消してくれるように頼んでくれない？　携帯会社の元サーバーから消しちゃって欲しいんだけど」

本体を潰しただけでは、データは消えない。臭い匂いは元から絶たねばならないということだ。

「了解しました。すぐにやらせます。たったいま姐さんのスマホに電話しても出なかったのはそのせいですね」

上原の声は落ち着いている。一年前までは、ただやんちゃなだけのホストだったが、金田潤造の傍に仕えて、いっぱしの俠客になったようだ。改めて金田の人材育成の手腕の高さを感じた。

「何か伝言でも？」

「おやっさんの葬儀。三日後の午後六時、東活映画調布撮影所の第八スタジオでやります。建前としては映画の撮影です」

「映画の題名は？」

「『ブルーマウンテンと拳銃』。若頭(カシラ)がつけました」

「最高だわ。必ず行くわ」

「お願いします」

電話を切った。

ブルーマウンテンは晩年の金田がこよなく愛したコーヒーだ。思い出すと同時に胸が痛んだ。

さてと、もっとも闘いたくない相手を潰しに行くことになる。

路子は風船ガムを口に放り込んだ。

勇希はすでに、油の染みた毛布に包んだ有島を担ぎ上げていた。

第六章　飾りじゃないのよ涙は

1

「恒彦さん」

及川聖子は、そう呼んでみた。

日比谷公園内にあるレストラン『松本楼（まつもとろう）』。麻生は打ち合わせにこの場所を指定してきた。

午後三時というランチとディナーの狭間（はざま）の時間とあって、店内は空いていた。

柔らかい冬の日差しが入り込む窓の向こうには、冬枯れた木々と落ち葉の景色が広がっている。

「なんだよ。いきなり下の名前で呼ぶなんて、照れくさいじゃないか」

ティーポットから紅茶を注いでいた麻生が、顔を顰め、あからさまに不快感を示した。まだ、そう呼ぶ権利はないとでも言いたげな目だ。

聖子にとっては意外な反応だった。照れくさいのはわかるが、たやすく受け入れてくれるものと思っていた。

「一歩踏み込んじゃいけないようね」

聖子は、モンブランケーキの端をフォークで切り取りながら、口を尖らせてみせた。これまで嫌悪してきた〈めんどくさい女〉に、いま自分がなっている。そう自覚しながらも、麻生の心の中に、自分の陣地を作りたくてしょうがなかった。

「黒須路子なら、決してそんなセリフは吐かないと思うが」

今朝がた、板橋西署が黒須路子に対して、業務上過失致死容疑で請求していた逮捕状が裁判所から下りたと人事二課に連絡が入った。

板橋区板橋一丁目のスナック『スターズ』のママ三井君子が、原因不明の心臓発作で死亡しているのを、午後八時過ぎに店を訪れた会社員が発見したが、その三時間ほど前に、ひとりの女がその店から出て来たのを多くの人が目撃していた。同時刻にガス爆発でも起こったような大きな音を聞いたとの証言もある。

付近の防犯カメラを解析した結果、スナックから飛び出して来た女は黒須路子であると判明した。所轄の調べでは、店内には割れたボトルやグラスが散乱しており、争った形跡があり、検死の結果、高齢の被害者が、乱闘の最中に発作を起こしたと思われた。

殺人ではなく、業務上過失致死で逮捕状（フダ）をとったのは、捜査中の事故と見立てたからだ。今後、殺人容疑に切り替わる可能性大だ。

過剰捜査の成れの果てを見る思いだ。

自業自得よ、と黒須の前で哄笑（こうしょう）してやりたい気分だ。

現時点では非公開捜査にしてあるという。警察の信用上、逮捕するまでは、伏せておきたいのは当然だが、聖子としては気に食わなかった。万座の前で項垂（うなだ）れる顔を早く見たい。

「いやな名前を出すわね。あなたの言う通り富沢、長谷川を追い込んでいるのよ。少しは評価して欲しいわ」

聖子は、顎を突き出して言った。

とはいえあのふたりは、黒須については何を聞いても口を割らなかったのだが……。

富沢に至っては、黒須の不法捜査や使途不明金の内容を供述すれば、警備局長のポストを用意すると言っても、笑顔で肩を竦めるばかりだった。

そこまでして庇（かば）うべき理由はなんだ？

聖子は首を傾げるばかりだった。

「十分評価しているさ。仕事としては、な」

今日の麻生は、これまでと様子が違っていた。突き放す感じなのだ。まるで富沢、長谷川を失脚させ、黒須に逮捕状が出たので、聖子のことは用済みだと言わんばかりだ。

「女としての評価は、黒須路子以下と言いたげね」

聖子は、声を荒らげた。こんな言葉を口にすること自体、めんどくさい女だ。言ってすぐ後悔し、唇を噛んだ。

「官僚にとって、嫉妬は最大の敵になる」

麻生がティーカップを口に運びながら、窓外に目をやった。風に舞った枯れ葉が竜巻のようにくるくる回っていた。

「嫉妬？」

「黒須に嫉妬しているだろう。ノンキャリでルールを守らず、勝手な捜査ばかりしている女を何故、上層部はそれほど庇い野放しにするのかとね？」

麻生は聖子のほうを向くこともなく、風に舞う枯れ葉ばかりを見ていた。

「ルール違反の女を嫌悪するのを、嫉妬だと言うの？　恒彦さん、それはおかしいわ」

また下の名前で呼んでしまった。毎晩、自慰をするときに、麻生を思い浮かべ、胸底でそう叫びながら絶頂に達するので、つい口を突いてしまった。

　虚実の区別がつかなくなっている。恋愛は魔物だ。

「ごめんなさい。確かにどこかで嫉妬しているのかもしれない」

　聖子は素直に謝った。

「恐怖と嫉妬は似ていると言った学者がいる。異端者が成果をあげすぎると、既得権が奪われるからだ」

　麻生がひとりごちるように言った。

「私の他にも、嫉妬している人がいるということね」

　聖子も窓外を見やった。枯れ枝の木々のずっと先。濃紺のトレンチコートに焦茶色の中折れ帽子を被った男が、背中を向けて誰かと話していた。話している者の姿までは見えない。

　トレンチコートに中折れ帽子。

　レイモンド・チャンドラーの小説の主人公のような格好だと、聖子は思った。

「多いだろうね」

　麻生が聖子に向き直った。柔らかな表情に戻っている。

「これも焼きもちに聞こえるかもしれないけれど、どうして非公開なの？　彼女が捜査の裏をかくプロだったとしても、マスコミに名前と顔を公表したら、世間そのものに追われることになるのよ」

そのほうがいい気味だと心底思った。

「黒須がそれを逆利用することも考えられる。マスコミに過去の事件や、いま握っている警察の機密をぶちまけるとかな。毎朝新聞の記者まで抱き込んでいたぐらいだ。他にどんなルートを持っているか、計り知れないよ。特に平尾啓次郎の握っていた裏資金の内容を知って暴露されたら、確実に政局になる」

聖子も気づいていたことだが、麻生の本音が見えた。

「与党の味方である公安はそこを押さえたいのね」

それで、監察官の自分も利用した。

「与党だけの問題ですまない。外交やマスコミ自体にも大きな影響を及ぼすことになる」

麻生の身体全体から熱と光が発せられているような気がした。熱く語るほど、この男はセクシーだ。心の底から寝たいと思う男はこの男だけだ。たとえ仕事だけの関係でも麻生に尽くしたいと聖子は願った。

そう思うと不思議と心が和(なご)んだ。

「外交は想像がつくけど、マスコミ自体にも影響が及ぶって、どういうこと？」

外交問題に発展するのは、平尾啓次郎の扱っていた資金が、海外のアンダーグラウンドマネーである可能性が高いからだ――聖子はそう想像した。

「それ以上は言えない。あと三日ほど富沢、長谷川の両部長を監察室に留め置いてくれ」

麻生が真剣な眼差しを向けてきた。この視線に弱い。

「それは可能だけれど、私を公安に推挙してくれるという件は進めてくれるのよね。あなたと特別な関係にはなれそうにないけど、仕事のパートナーとしては、きっちり評価してもらえると思うんだけど……それが無理なら、私にも考えが……」

最後に思い切りめんどくさい女になってやった。

公安に唆されていた、とふたりの部長に白状するまでだ。これこそ麻生の仕事に対する嫉妬だ。

「承知している。そのことで、今日来てもらった。局長と秘密裡に接触してもらう」

麻生がにやりと笑った。

心がときめいた。麻生が自分を突き放しているのは、公安への転属が内定したからのようだ。嫌われていたわけではない。

公安局長、垂石克哉は、次期警察庁長官候補の最右翼にいる。

「望むところよ」

「明明後日、俺と一緒に、金田潤造の葬儀に潜ってもらう。そっちの上司には垂石局長から、直前に伝達される」

「金田潤造の葬儀に潜入」

いきなり難易度の高い任務を言い渡された。

「場所は調布の東活撮影所だ。映画のセットという体裁で、祭壇が組まれ、参列者はエキストラとして集められたことにされる。撮影所は『公募しただけで、身元まで洗っている暇はなかった』という口実を用意している。近頃の極道の手口だ。組対部に挿し込んである公安のスタッフがその情報を上げてきた。俺らもエキストラとしてそこに潜る」

「局長がヤクザの親分の葬儀に出るわけではないわよね」

それこそ、マスコミに叩かれるネタになる。監察官としては警察庁長官官房を通して自制を促したいところだ。

「公安や組対の刑事が、こうした集会を監視するのは通常任務だ。どこのどんな奴が参列するのか確認し撮影しておく。局長は、その任務を視察に行く」

「警視庁公安部の課長クラスならともかく、次期長官候補が、わざわざ視察に行くとは、それだけ、大物の参列者がいるということね」

聖子は右翼の大物や、芸能人を連想した。

「黒須路子は、間違いなくそこに来る」

麻生が低く、しかしはっきりとした声でそう言った。聖子は慄然となった。麻生が続けた。

「ソウイチやマルボウより先に俺たちで確保したい。それも、隠密裏にだ。表逮捕ではなく、裏逮捕。尋問は公安のセーフハウスで行う。俺たちはその任務を担う。セーフハウスで局長と落ち合うことになる」

それが成功するかどうか、垂石克哉が見届けるということだ。

――公安刑事になるための最終テスト。

聖子はそう理解した。

「平尾啓次郎が持っていたとされる闇資金って、いったいどういう筋合いのものなのよ」

さすがにそこが聞きたくなった。

「それを黒須に口を割らせるんだ。女の弱いポイントを攻めるのは、及川の役目だ。好きなだけ黒須をいたぶっていい。任務だ。遠慮はいらない」

麻生が卑猥な笑いを浮かべた。まるで戦前の特高のようなやり方だ。そんなことが、現在の警察機構の中で許されるのか。聖子は絶句し、顔を強張らせた。

「ここまで聞いた以上、及川に戻る道はない。当面、集中管理される。公安は、作業者の、着手、遂行、結果まで、別なスタッフが監視するのが決まりだ。今日は許可が出たから伝える。俺も及川と会う日はすべて監視されていた。いまもだ」

麻生は親指を立て、枯れ木の先に向けた。トレンチコートに中折れ帽子の男の姿は消え、代わりに、ジョギングウエアに野球帽をかぶった老人がふたりこちらを眺めている。聖子が見やると、ふたりとも片手を上げて、微笑んだ。

麻生のこれまでの一貫してクールな態度に合点がいった。こちらから人事課の監察官として黒須の情報収集を麻生に依頼した時点で、逆利用されていたわけだ。聖子は笑い出したくなった。

「作業の方法を詳しく聞かせてちょうだい」

もはや開き直るしかなかった。

「追って伝える」

麻生が立ち上がった。きっかり三十分の会談だった。

麻生は、帝国ホテルに入った。

本館ロビーをゆっくり歩き、タワー館に向かう。部屋を取ってあった。庁舎では出来ない連絡事や密会をするための部屋だ。

エレベーターに乗る前に、雑貨店に入った。新聞二紙と髭剃り用のシェービングクリームを購入する。

トレンチコートの男が、葉巻を選んでいた。その横に並ぶ。

「元ホストの手腕はたいしたものだ」

トレンチコートの男が言った。

「恐縮です」

麻生は、コメカミをヒクつかせながら答えた。何度やってもハニートラップを仕掛けるのは気分が悪い。そこだけを評価されるのも不満だった。

男が中折れ帽子の庇を上げながら、店員にハバナ産の葉巻を指さした。店員が屈み込み、ショーケースに手を伸ばした。男がその隙をついて言う。

「エキストラの準備は？」

「二十人、こちらの手の者が入ります。私の手兵です」

「その場でやってしまっていい。いいな」

「了解しました」

麻生は短く答えた。

「こちらでございましょうか」

店員が葉巻を丁重にケースの上に置いた。麻生は新聞を小脇にはさみ、雑貨店を出た。

タワー館の部屋からは銀座が見渡せた。本館のパークビューもいいが、その先に警視庁があると思うと、うんざりする。

黄昏の銀座の街並みを眺めながら、仕事の指示をするほうが、リラックス出来るというものだ。殺伐とした任務だ。穏やかな風景を眺めているときだけ、心が解放される。

リクライニングチェアに身を沈め、スマホを取った。

ブルートゥースイヤホンを耳に当て、スマホをタップした。西銀座の空を見上げながら、顎を扱いた。

八神貴之はすぐに出た。

「ツネヒコさん、キングのケンタはどこに消えたんでしょう。八方手を尽くしているんですけど、どこからも情報がない。タクシーに乗るところまでは、ボーイのひとりが見ているんですが。攫われたわけじゃないですよね」

八神は不安そうだ。ふらつかれては困る。

「キングからは手を引く。もっといいハコを見つけてくれ。資金はシルバーブラザースから引き出してやる。仕切れる店長も探して欲しい。そのぶんエイトヘブンの融資枠を十億増やしてやる。この際ネットテレビ局でも開設したらどうだ。いずれCSに進出したらいい。認可も取りやすくしてやる」

餌を放り投げた。こちらとしても世論操作のためのメディアがいくつか欲しいところだ。

――もう既存のテレビ局の時代じゃない。

心でそう呟き、サイドテーブルに置いたグラスを引き寄せる。ブランデーだ。

黄昏の空と琥珀(こはく)色の液体はよく似合う。

「ハコも店長もすぐに見つけておきますよ。ネットテレビ局いいですね。やらせてください。俺、タレントを配給ばかりしているのに飽きてきました。いっそ東活映画とか乗っ取れないですかね」

成り上がりほど、調子に乗るものだ。

「そのつもりだよ。明後日はその下見と難癖(なんくせ)つけだと思ってくれ」

ブランデーを舐めながら伝えた。甘い香りとまろやかな味が、喉に染みる。

「難癖つけ、いいですね。そりゃ、極道同士の抗争が起こった撮影所って、ブランドイメージ下がりますよ。ツネヒコさん、それ早く買収して八神映画にしてしまいましょう」

麻生はその話を請け合い、眼を閉じた。

悪くない話だ。

2

「エンジンをかけたまま待っていて」

黒のタートルネックセーターに黒のレザーパンツ姿の路子は、助手席の扉を開けながら、勇希にそう伝えた。毛糸の帽子もマスクも黒で統一している。

「わかりました。手が必要になったら、呼んでください。路子さんと同じ方法で侵入します」

午後十一時三十分。赤坂のエイトヘブンビルの前だ。一日中、勇希にこのビルを張ってもらっていた。

八神貴之は午前十一時に愛車のボルボＸＣ60で出社。午後一時過ぎに赤坂見附の交差点に立つホテルのロビー階にあるレストランで、テレビ局のプロデューサーらしき男とランチをし、午後三時に帰社した。

その後は外出していない。八時間以上経ったいまも、八神がビルから出た様子はない。ビルの手前の駐車場にもスカイブルーのボルボが駐まったままだ。

リュックを背負った路子は防犯カメラのある正面エントランスには近寄らず、右脇の路地に入った。月明りだけに照らされた路地は土のままで、黴臭い臭いに包まれている。

エイトヘブンビルは正面の外観だけは、シックなマホガニー色のタイルで新装し、いまどきのビルに見えるが、実際は築五十年を超える老朽ビルだ。裏に回ってみれば、もともとの黄土色のペイントが剝がれ、あちこちからコンクリートの地肌が覗いている。

張り子の虎——見てくれだけを重要視する、いかにも芸能プロの発想だ。

彼らにとってはオフィスも舞台装置のひとつであって、所属するタレントや世間にはったりがきけばいいのだ。

もともと虚構を売る商売である。

ビルは一ツ木通りに面した正面以外は、三方を他のビルに囲まれていた。路子は、真裏に回った。幅五十センチ。人ひとりがどうにか通れるほどの路地だ。

六階建てのエイトヘブンビルを見上げると、二階と六階の窓にだけ灯りがともっていた。社長室は六階のはずだ。

路子は、手袋と靴底に吸盤を貼り付け、両手両足を開いた。

間近に迫る真裏のビルとエイトヘブンビルの双方の壁に手足が貼りついた。その格好で、三十センチずつ登った。ロッククライミングの要領だ。

まだそれに耐えられるレベルの筋力は残っていたようだ。

五分ほどかけてエイトヘブンビルの五階までたどり着いた。暗い窓ガラスを見た。内側にシンプルなレバー式の鍵がついているだけの摺りガラス窓だった。

正面からの侵入に関しては、複数の防犯カメラや二重シャッターを設置するなどかなり神経を使っているが、背後に関しては無防備だった。ガラスの厚さも三ミリ程度だ。ストーカー的ファンの侵入や敵対半グレ集団の襲撃だけを想定しており、窃盗には無頓着のようだった。まさか自分たちの事務所を狙う窃盗団などいないと踏んでいるようだ。暴力を背景に仕事をしている者にありがちな油断だ。

警察には、ありとあらゆる犯罪の手口が集積されている。犯罪者が苦労と経験を重ねて練り上げた手口を、捕まえて白状させることで、手に入れることが出来るのだ。

『三方を他のビルに囲まれたビルの裏側は脆（もろ）く狙いやすい。そんなところから、人がよじ登って来るなんて思わねぇからな』

所轄時代に取り調べに立ち会った窃盗犯が、そう嘯（うそぶ）いていた。忍び込んだビルは、過激派のアジトで隠匿資金二千万円を盗み出していた。ついでに、非公然活動家の名簿も盗み出していたので、逮捕状ではなく賞状をあげたくなったほどだ。

路子は両脚を踏ん張ったまま、リュックの中から、コンパスの形をした万能ガラスカッターを取り出した。

鍵にもっとも近い部分のガラスを半円形に切り、ポケットにしまい込む。手のひらを挿し込み、親指だけで鍵を戻す。ガラス窓は簡単に開いた。

慎重に足を運び、室内に入り込んだ。暗闇だ。路子は手袋と靴底の吸盤を外し、路地に投げ捨てた。床に尻をつけ、しばし呼吸を整えた。目が慣れて、暗闇の中からソファーセットが浮き上がって見えてきた。オールドアメリカンタイプの大きめな三人掛けソファーと、ひとり掛けが二脚ある。

路子はリュックからヘッドバンド付きライトを取り出した。光量はリモコンで操作出来る。毛糸の帽子の上から装着し点灯した。微光状態で、室内を照らす。

壁には絵画がいくつも飾られていた。八神の趣味とは思えない、風景画を中心としたオーソドックスな作品ばかりだ。

いずれも換金性の高い作品であろう。政治献金用に違いない。

立ち上がり、扉を開けた。廊下だった。人気はない。

エレベーターの手前に内階段があった。忍び足で六階へ上がった。どういうわけか、柑橘系の香水の匂いがした。

奥の扉の縁から灯りが漏れていた。その扉だけがシックな木目調だった。社長室らしい。灯りの他に喘ぎ声が漏れてくる。

社員の帰った後の社長室でのご乱行らしい。かっ攫うには格好のタイミングだ。

路子は息を止め、扉に近づき、そっとノブを回した。開いた途端、一段と大きな喘ぎ声が聞こえ、

——最低！

と叫ばれた。

目に飛び込んできたのは、片手を壁に突き、生尻を掲げている女優、永村摩矢に八神が突き刺している光景だった。摩矢は、もう一方の手で、自ら真っ赤なフレアスカートをたくしあげていた。黒のショーツは、右の足首に絡まっている。

ベージュのスーツパンツとボクサーパンツを下げた八神はフルピッチで腰を振っていた。その尻のあたりにライトが注がれている。結構、引き締まった尻だった。

「いやっ、誰よ、社長、私、３Ｐなんて聞いていない！」

目を細めた永村摩矢は顔だけ、こちらを向いて言った。八神はちょうどフィニッシュのタイミングを迎えていたようで、路子の気配に気づきながらも振り向けないでいた。

男は飛び出し始めている精子を、一時停止することは出来ないようだ。

「誰が３Ｐよっ」

路子は踏み込んだ。ふたりの真横に進み、接合点をヘッドライトで照らしてやる。永村摩矢のパールピンクの秘裂は粘液に塗れており、その中央に濃紫色の肉幹がぶすりと突き刺さっていた。接合点から湯気が立っているように見える。

「なんだっ、おまえ。妙なコスプレで来やがって。そんなんで俺の関心を引こうと思っても、逆効果だぞ。帰れ！」

八神が口から唾を飛ばした。タレントの卵たちは、あれやこれやと自己アピールを企てているようだ。彼女たちにとって八神は、文字どおり神なのだ。

「寝言は寝てから言って」

路子は、八神の尻を蹴り上げた。

「ぐえっ」

「いやっ、昇く」

八神が目を剝き、摩矢が絶頂を迎えた。

「ちっ。黒須路子だな。わざわざ来てもらって助かった。覚悟しろよ」

八神がいきなり裏拳を放ってきた。路子の頰にめり込んだ。さすがによろけた。八神は、挿入していた肉槍を抜き、射精したまま路子に襲いかかってきた。生臭い液が飛んでくる。しかも勢いがあった。

「勘弁してよ」

パンチや蹴りよりも遥かに不快だ。路子はよろけながらも、爪先を後ろに振り上げた。肉槍の真下にぶら下がっている皺袋を蹴り上げた。

「うぉおおおおおっ」

八神が腹を抱えて床に両膝を突き、苦痛に顔を歪めた。

「なによあんた。社長をどうする気よ」

永村摩矢が、刑事ドラマで見せる険しい顔をして、肘撃ちをかましてきた。この女優もヤンキーだったようだ。肝は据わっているようだ。しかも殺陣を習っているようで形だけは様になっている。

だがしょせん、殺陣は演技だ。路子は胸を突き出してその肘を受けた。

「あうっ」

ショーツを足首に絡めたままの摩矢が、肘を押さえながら、尻もちをついた。路子のセーターの下には、セラミック板を挟んだ防弾ベストが装着されている。九ミリ弾でも跳ね返すベストだ。肘打ちなど通用しない。

M字開脚した女優永村摩矢の秘所を、間近で目撃することになったが、亀裂の長さ、花びらの広さ、どれも標準サイズだった。

「覚えてなさいよ」

摩矢が扉のほうへと身体を回転させ、そのまま逃げた。ショーツさえ穿いていれば、出世作『聖女刑事（マドンナコップ）』の冴子（さえこ）と見間違う素早さだ。

すぐに勇希に電話する。

「女優がひとり出て行くけど、いま逃がしちゃまずいから、確保しといて」

「女優ですね！」

勇希の声に張りがあった。どうも女のほうが好きらしい。

「ここから逃げられはしねぇよ。追い詰められて、うちのビルから飛び降りたって設定がいいようだな」

八神が睾丸を揉みながら不敵な笑いを浮かべた。射精は止んでいる。デスクに手を伸ばし、自分のスマホをタップしたらしい。

すぐに、階段からいくつもの足音が聞こえてきた。二階のオフィスにいた社員たちが異変を知って駆け上がってきたようだ。

「まずはやられまくりなよ。体中の孔に精子をぶち込んでから、ブランデーを注入してやる」

八神がゆっくり立ち上がった。

「現実の社会はシナリオ通りにいかないのよ」

路子はポケットからヘッドライトのリモコンを取り出した。

「社長っ」

開け放たれたままの扉から、人相の悪い男たちが雪崩れ込んできた。五人だ。全員鉄パイプや金属バットを持っている。芸能プロのマネジャーの皮を被った半グレたちのようだ。

「この女、やっちまえ」

八神の命令に、男たちが怒号を上げて躍りかかってきた。路子は笑顔を見せて、リモコンの回転ツマミをマックスに上げた。

「あっ」

先頭の男が声を上げると同時に、五人がその場に立ちすくみ、三秒で頽れた。

路子の頭から百万カンデラの光が放たれていたのだ。スタングレネードのライトバージョン。特注品だった。

「な、な、なんだ」

路子の背中側にいた八神がたじろいだ。

「そういうあんたも、三分死んでもらうわ」

路子はそのまま振り向いた。

「うっ」

八神がその場で絶入した。

これからじっくり尋問することになる。路子は八神の身体を担ぎ上げ、エレベーターに向かった。エントランスを出るとダイナミック交通のタクシーが扉を開けて待っていてくれた。

「女優さんはトランクの中です」

勇希が嬉々とした表情で言う。

「例の修理工場へやって」

「了解しました」

タクシーは一ツ木通りから閑散とした外堀通りへと出て、芝浦へと向かった。

3

「杠葉総合病院の医者が西麻布の客だった。俺の息のかかっている会員制バーで、あいつとやってから、順に病院関係者を連れてくるようになった」

油圧式の鉄板ジャッキの上に、仰向けに括りつけられた八神が、女優永村摩矢を指さした。天井から、サッカーボール大の鉄球が吊るされていた。車をスクラップにするための鉄球だが、いまは剝き出された八神の男根と睾丸の真上にあった。

「要するに、彼女は誰とでもやっていたのね。ドラマで女刑事の役をやっていたこと自体許せないわ」

路子は勇希に顎をしゃくった。

「いま、やった男のリストを書かせていますけど」

真っ裸の女優に四の字固めを決めていた勇希が、締めを強めながら言った。

「いやっ、脚が折れちゃう」

顔を歪めながらも、摩矢は片手で必死にサインペンを走らせていた。一瞥しただけで、政財界からスポーツ界まで、三十人ぐらいとやりまくっていたのがわかる。相関図を作ってみるだけで、八神の人脈が浮き上がってくるだろう。

「有名女優とやることは、男ならだれでも憧れる。それが実現したんだ。俺にこき使われてもしょうがないだろう」

「やっただけなら、殺人にまで手を貸さないでしょう。全員ハメ撮りをしていたんでしょう」

路子はゴルフクラブをスイングした。アイアンの五番。八神の亀頭にヒットする。

「あうぅう。そういうことだ」

うまい具合にアイアンが鰓の下に食い込んでいた。千切れて亀頭が飛んでいきそうだ。

「指示した者や、動機は後回し。殺しの手口を話して。二打目でたぶん亀頭が天井まで飛んでいくわ」

肉に食い込んだクラブの尖端を引き離し、路子はもう一度大きく振り上げた。

「待て、待て、やめろ。俺の知っている限りを話すから」

八神は切れた亀頭から尿を噴き上げた。

「嘘ついたら、鉄球が落ちてくるわよ。金玉がぐしゃっと潰れるところを見るのも悪くないけどね」

「わかった」

と八髪は頷き、とつとつと白状し始めた。

「小野里隆をジーンに落とさせたのは、あんたが有島から聞いた通りだ。ジーンっていうのは、ツネヒコさんが上からの指示で決めた。五〇年代のセックスシンボル、マリリン・モンローの本名、ノーマ・ジーンから取ったそうだ」

路子は頷いた。あの男が考え付きそうなことだ。

マリリン・モンローは一九六二年、大量の睡眠薬を飲んで死亡しているが、ケネディ大統領との不倫関係から、暗殺されたという説がいまだに根強い。そんなハリウッド女優の本名を源氏名にしろと命じたのは、わざわざ、路子にホンボシは自分だとヒントを与えてくれているようなものだ。

「続けて」

路子は、五番アイアンは振り上げたまま、先を促した。

「ツネヒコさんが、捜査二課が検察庁の特捜よりも早く、平尾啓次郎の聴取に動き出すということを知り、俺に杠葉総合病院の外科医と看護師を動かすように命じてきた。外科医と看護師はさっきも言った通り、かねてから、うちらがズブズブに接待漬けにしていたので動かすのは簡単だった」

「杠葉総合病院が政治家の逃避用病院だったからね」

路子は念を押した。

「もちろんだ。ツネヒコさんは、聴取を避けて隠れるとしたらあの病院しかないと確信していた。これまでも俺たちと関係の深い政治家はみんなあの病院に逃げている。だから、いざというときに使えるようにと、何年も前から、あの病院の医者や看護師を手なずけてきたんだ」

「それで、屋上に上がるための扉を開けさせたのね」

「そういうことだ。屋上には、旧東横連合の残党四人が待機していた。俺が命じたんだ」

八神が、眼を大きく見開いて鉄球を見つめている。殺人教唆の自白だ。

「ふたりは、自力で屋上に上がってきたの？」

「そうだ。誘導はすべてジーンにやらせた。いつ、平尾が病院に駆け込んでもいいように、一週間ぐらい前から、毎晩のように六本木や赤坂でふたりを飲み歩かせた。目撃者が多いのはそのためさ。ふたりはさぞかし仲睦まじいカップルに見えたはずだ。ジーンはそんな風に演じていただけで、まさか自分も殺されるとは思っていなかった。杠葉総合病院の外階段で、何度かセックスもさせた」

「二月十日の朝に平尾が来ることは何故わかったの」

「ツネヒコさんが、秘書の携帯を盗聴していたんだと思う。それで前日の夜から、ジーンに発破をかけ、屋上に上らせた。本人は、いつものようにハメ撮りをするとしか思っていなかった。上がったところで、俺が仕込んでいた半グレの連中が、ふたりを襲って、二時間ぐらい前にブランデー浣腸をした。ふたりは一発で泥酔状態だよ。その半グレの四人が、マグロになったふたりを、やってきた平尾と金田を直撃するように、ビルから放り投げたんだ。やつらは熱海の廃墟マンションの屋上から五十キロと七十キロの砂袋を何度も放り投げる訓練をしていたから、確実に仕留められた。連中はそのまま、屋上から院内へ逃げ込んだ。手引きしていた外科医と看護師が屋上に続く扉の鍵を開閉したから出来たことだ。奴らはそのまま介護士の制服を着て、院内が混乱している間に逃げた。パーフェクトだろ。実行犯たちは、いまはフィリピンだ。向こうで偽装結婚し新たな戸籍を手に入れ、さらに他国に渡る。捕まえるのはムリさ」

八神が淡々と言っていることに腹が立った。路子はフルスイングした。

「うわっ」

肉幹から亀頭だけが千切れて飛び、真正面の壁に塊が激突する。八神は眼を見開いたまま失神した。

まだ琴美とキミコの死について聞いていない。

路子は工場の隅にある水道の蛇口に進み、ホースを差し込んだ。栓を開く。ホースの尖端から勢いよく水が飛び出した。

鉄砲水を八神の顔面に浴びせる。

「うぉおおお。おぉお、俺のチンコが……」

亀頭が消え、尖端がざっくり裂けたままになっている肉棹を眺めて、八神は嘔吐し始めた。内腿が小刻みに震えている。

「口止めに琴美もやったのね」

鉄球を吊るしているチェーンの留め金を外しながら伝えた。八神の切れた肉棹の断面から尿が溢れ出ている。溜めがきかなくなっているようだ。

「あんたを一時的に騙せたのが限界だと思ったんだ。スターズにたどり着かれたらアウトだ、とツネヒコさんに言われた……」

八神はまだ、意識が朦朧（もうろう）としているようで、息も絶え絶えになりながら続けた。

「……それで、キミコさんがやった。酔って眠っている琴美の口から、むりやりウォッカやテキーラを流し込んだ。救急車を呼ぶつもりだったから、肛門からだと怪しまれるってことで、きちんと口からやった。俺が口をこじ開け、キミコさんはボトルのネックごと琴美の喉に挿し込んだんだ」

外道（げどう）もいいところだ。留め金を外し、チェーンの端を握った。

「やめろ。全部話した。早く逮捕しろ。留置する前に治療してくれ！　頼む！」

八神が必死の形相で、自分の身体から離れた亀頭に視線を這わせていた。

「まだ全部じゃないわ。キミコはどうなったのよ。私の非致死性閃光弾（スタングレネード）で死ぬわけないんだけど」

「三十分後に、誰かが手榴弾を放り投げた。小爆発して、キミコママは吹っ飛んだそうだ。だがそれは俺たちの手口じゃない。だいたい手榴弾なんて、俺らは持っていない。ツネヒコさんは別の誰かを動かしたに違いない」

八神が泣きながら訴えてきた。

「逮捕なんて甘いことはしない。それと亀頭の縫合は諦めて」

路子は、チェーンの端を離した。鉄球が八神の睾丸に落下した。

「あぁあああああああああああっ」

八神は脱糞し絶入したようだ。

たぶん、やったのはツネヒコではないだろう。その上にいる男だ。

4

二月二十三日。午後七時。

調布の東活映画撮影所前には、黒塗りの高級車がいくつも並んでいた。各界の大物が葬儀に参列するためにやってきているのだ。

『入構証』を掲示した車輌だけが、所内の駐車場に入れる仕組みだ。

その隊列を見張るように、反対車線にも黒塗りの車が六台停車している。インカムを付けた男が窓越しにカメラを回している。公安と組対の監視車輛だ。一台は捜査一課の車輛だろう。路子が現れるのを三部門がそれぞれ違う思惑で待っている。

その中に、警察庁公安局局長、垂石克哉の乗る一台を発見した。

——すました顔して、やってくれるわね。

路子はその顔に向かって呟いた。

さんざん世話になった男だ。部長の富沢誠一と共に、てっきり自分の後見人のひとりだと思っていた。

それでも官僚は官僚だったようだ。官邸と与党のためなら、仲間も平気で売るのだ。

——万倍返しよ。

路子は静かにリアウインドーのカーテンを閉めた。垂石が気づいている気配はない。

「お願いします。撮影用車輛です」

勇希が運転席から守衛に入構証を翳(かざ)した。

「まっすぐ行って、突き当たり左折。第八スタジオだから」

守衛が言ってゲートを上げた。

今夜、勇希が運転しているのはタクシーではない。霊柩車(れいきゆうしや)だ。ダイナミック交通はその手の車輛サービスも提供しているということだった。

霊柩車は、制限速度二十キロの構内をゆっくり進んだ。

八神は知っていることを、すべて語った。

板橋のスターズで一緒にいた男は、シルバーブラザースの代理人、朝田恒彦。それが手掛かりになった。

路子は、富沢との連絡ボックスに、もっとも鮮明に写っている写真と朝田恒彦の名前を入れた。

連絡ボックスには、二子玉川の老舗百貨店の冷凍食品ボックスを利用した。

勇希がサーロインステーキ三百グラムとラムレーズンのアイスクリーム十二個を購入。紙袋に入れて、冷凍ボックスに放り込む。その鍵を化粧品売り場で、偶然出会った富沢の妻、菊枝にさりげなく渡したのだ。

富沢は査問以外の時間も監察や公安に監視されているが、妻までは手が回っていないはずだった。桜新町の自宅に戻った富沢がラムレーズンをスプーンで掬いながら情報を解析したはずだ。

【麻生恒彦。公安の非公然刑事。潜入専門だ】

そのメモが、路子に届けられたのは翌日の午前中だ。つまり昨日。富沢夫人が、百貨店に出かけるために自宅にタクシーを呼んだのだ。もちろん勇希の運転するタクシーだ。

アサダツネヒコ＝アソウツネヒコ。

公安部員といえども、偽名は本名に近いものを使いたがる。

公安の仕業と解明出来た。だが、その動機は、八神でも知りえなかった。

『日本国内の様々な情報を仕入れ、アメリカ企業に有利なように買収計画を立てていたのは事実だ。雷通も世論操作に利用されていた。データの改ざんだよ。新聞社が都合の悪い調査結果を出すと、横やりを入れて雷通の手なずけている社から、都合の良いデータを発表させるんだ』

都合の良いデータとは、アメリカ企業ひいてはホワイトハウスにとって得なデータだ。

『日本人にとってアメリカが一番でなくては困ると、ツネヒコさんは口癖のように言っていた。俺たち芸能プロの人間にテレビ局のプロデューサーや大手広告代理店の社員を、女を使って陥落させるのもそのためだ。ツネヒコさんは、これから俺たちにメディアそのものを経営することを勧めてきてる』

嘘ではなかろう。

麻生恒彦は、警視庁内における対米協力者。その任務は、日本人の親米感情を持続させることにある。

『葬儀では、ツネヒコさんが仕込んだ連中が暴れることになっている。もちろんあんたをやることにもなっているが、全国の親分衆もマトだ。爺さんたちを潰したら、次は俺らの天下になるって、ツネヒコさんが言っていた。俺らは、いろんなルートから葬儀へ参列するための入構証を掻き集めただけだ。撮影所の配置や構造もよく知っているので教えた。あの人は、「東横連合」の残党や関西の「ダイマット」なんかとも通じているから、その辺を動かすんじゃないか。いまの俺は、連中とは関係ない』

見事に籠絡（ろうらく）したものだ。

日本の伝統的極道を一気に潰し、半グレに天下を取らせる必然性はどこにある？

そして金田潤造や川崎浩一郎、そして自分を抹殺してまで、守りたかったH資金とは何だったのか？

間もなく、麻生に質（ただ）すことになる。そして垂石にも。

霊柩車が、第八スタジオの前に着いた。

直ちに関東泰明会の組員たちが霊柩車を取り囲んだ。路子を隠すためである。

「若頭（カシラ）は喪主席から動けませんので。自分が案内します」

金田の付き人だった上原淳一が先導してくれた。

勇希を伴いスタジオに入るとすでに読経（どきょう）が始まっていた。蘭の花の中で、金田潤造の遺影が笑っている。

「大どころの会長さんたちは、すでに着席しています」

上原が言った。元西麻布のホストは喪服もびしっと着こなしていた。

「私とこの子には、葬儀社の役をやらせて。自由に動きたいの」

路子は前列に誘導されるのを断った。

「わかりました。ご活躍ください」

上原がスタジオの外へと出て行った。参列者のボディチェック担当でもあるようだ。その役は直参組の若手が担っていた。

入構証は、中立の組はもちろん対立する組、さらにフロント企業やその取引先にまで配っている。天下の関東泰明会が、カチコミを恐れていては名が廃るという、大見栄であった。

八神を叩いたが、様々なルートから入構証を買い集めたので、その出所まではわからないと言っていた。ちなみに八神と有島は英国大使館に放り込んである。公使と筆頭書記官が銀座のジローの客で馴染みであった。

治外法権――公安もヤクザも手が出せない。

「そろそろ来ますかね？」

勇希がじれったそうに言っている。闘う気満々だ。

「ボディチェックがあるのは承知のうえで、丸腰でやって来る刺客の素性は知れているわ」

「ですよね」

勇希は楽しそうだ。

相手は素手で人を殺せる技を持った連中だというのにだ。

傍見にもそのことを伝えると、「そいつは面白い」と笑った。

路子と勇希は、最後列のさらに背後に立って麻生を待った。立っていたほうが動きやすい。

写真でしか知らない顔だ。中央の通路に並ぶ参列客たちを凝視した。それぞれ祭壇に一礼して、左右の席に着席していく。

焼香はまだだ。

いよいよ、がたいの大きい男たちが、揃って入って来た。二十人ぐらい並んでいる。いずれも首が太く耳が反っている。ひとめで格闘のプロだとわかった。

隣で勇希が拳を握るのがわかった。

路子は眼で麻生を追った。

らしき男が入ってきた。

驚いたことに人事の及川聖子を連れていた。

すぐに路子を確認させるためだと理解した。確実に、自分を仕留めるために、聖子に視認させるのだ。

おそらく彼女には、単なる確保だと言ってある。

だが、この場で抹殺しようとしているはずだ。そうでなければ、川崎や金田の死を永遠に追及され続ける。公安はそう思っている。

――その通りよ。

路子は、聖子に向けて堂々と顎を突き出した。距離にして十メートル。聖子が認識したようで、麻生の肘を突いた。

麻生が路子を認め、目の前にいた巨軀(きょく)の男の背中を突いた。

三人が一度足を踏み入れた中央通路を逆行し、路子たちが立つ後方の通路へと迫ってきた。どの男たちもプロレスラーのような体格と兵士のような眼をしていた。血の臭いがする連中だ。

身構えた。

乱闘は焼香が済んでからにして欲しかったが、自分が囮(おとり)になって、奴らを外へ連れ出す手もあった。

路子は、床を蹴り、先頭の男に向かった。先に一発食らったら、脳漿が飛び散るかもしれない。

額を下げて、急所の顎先を狙う。

間合い、一メートル。男が拳を突き出してきた。一度屈み込む。頭頂部を拳が掠める。髪が風に舞った。すぐに跳躍した。

「ぐわっ」

男が叫び、路子の額も割れた。アッパーカット並みにヒットしたようだ。

男がのけぞり、背後のふたりもドミノ倒しに転倒する。

勇希が躍り出て、二人目の男の顔面に膝頭を打ち込んだ。

「ぐふっ」

男の鼻から血飛沫が上がる。

路子は三人目の男の腹を踏みつけながら、一直線に麻生に向かった。総身に狂気が宿っていた。

麻生の眼に狼狽の色が浮かんだ。

「暴れろ！　みんなやっちまえ」

通路に並ぶ男たちに向かって、麻生がそう叫んだ。男たちが一斉に前列に向かった。紋付袴の親分衆が立ち上がる。

百人はいる。全国各地から集まった関東泰明会傘下の親分衆だ。

とばかり、路子は思っていた。

男たちは、さっと、紋付袴の前面を開いた。マジックテープが剝がれる音がする。袷の下は、ダボシャツ、腹巻、股引姿だった。全員紋々を背負っている。

「しゃらくせぇ。素手ゴロ上等。返り討ちにあわせてやるよ」

これは、関東泰明会の全国から集められた武闘派ヤクザたちだ。

「霊前試合です。お客人たち、いいところを見せてくださいよ」

ヤクザが格闘家に襲いかかった。二十人対百人だった。スタジオはさながらプロレスの場外乱闘の様相を呈した。

路子は麻生を目指した。

「ちっ」

麻生が聖子を突き飛ばしてきた。

聖子が泳ぐように路子に重なってくる。その顔に思い切りビンタを食らわせた。

「私もあんたみたいな女、嫌いだから」

聖子は蒼ざめたままパイプ椅子をなぎ倒し、横転した。

その聖子にひとりの大男が飛び乗った。ベアハグをしている。聖子は苦しそうだ。すぐに鼻血を溢し始めた。

「うぅうう」

「うざい女だ。さっさとやっちまえ」

麻生が、スタジオの外へと向かいながら、男にそう言っていた。路子は眼を疑った。圧殺する気だ。

勇希が、ベアハグ男に空中から飛び膝蹴りを見舞った。競技では禁じ手の後頭部直撃だった。

「くぇ」

男が床に落ちた。聖子の呼吸は止まっているように見える。

「その女、頼んでいい？」

「わかりました」

勇希が聖子に口づけし人工呼吸を開始した。それを尻目に麻生を追った。

麻生は撮影所内を移動するためのカートに乗り込もうとしていた。ゴルフ場にある四人乗りのカートのようなものだ。

追った。懸命に追った。

麻生がカートを作動させた。正面ゲートに繋がるT字路に向けて動き出した。路子は全力疾走で追った。背後からリアシートのバーに手がかかった。

そのとき正面のT字路から一台の黒いセダンが進入してきた。ライトをハイビームにしたまま、突進してくる。運転席の顔は見えない。

麻生は急ブレーキを踏んだが、轟音が鳴った。路子は振り落とされていた。

暗闇に白煙が上がり、麻生の身体は、左わきの第五スタジオの壁に激突していた。頭が割れて脳漿が飛散している。眼が路子を向いて、睨んでいた。

「殺してやる！」

急バックする黒い車に向かって、路子は拳銃を抜いた。私用のS&Wだ。銃口をタイヤに向けてトリガーを弾いた。乾いた音と共に、オレンジ色の銃口炎(マズルフラッシュ)が噴く。

二発続けて撃つ。

黒のセダンはスリップして、バックから斜めに第三スタジオのシャッターに突っ込んだ。

運転席の扉を開けた。ステアリングに額を打ちつけた垂石克哉を引きずり出した。

すぐに、スマホで勇希を呼んだ。

「霊柩車、回して」

ダイナミック交通の霊柩車はすぐにやってきた。帰りも使うことになるとは思っていなかった。

5

「俺としたことが、感情のコントロールが出来なくなってな」

垂石は、揺れる身体を必死に支えながら、ようやく喋り出した。

路子は銃口を向けたまま、風船ガムを膨らませた。レインボーだ。味も七色なのだが、逆に何の味だかわからなかった。

未明の沖縄沖だ。

「いつから、CIAの手先に？」

「入庁以来さ。もっと明確に言えば、当時の国家公務員上級試験に合格したときは、すでにCIAの工作員に嵌められていた。英会話学校の女教師。受験勉強しかしていない初心な男の心を操るなんて、簡単だったんだろうな。彼女、リンダ・ウイリアムズは、心理作戦の極東チーフだったんだよ。カツヤは必ず警察庁長官になれる逸材だと、常に励まされていた」

垂石の眼は、すでに死んでいた。昨夜、路子に確保されると同時に、警視庁へ依願退職を申し出ている。せめて家族に退職金は残したいらしい。

残念ながら退職は認められなかったので、支払いは五年先になる。

垂石が満六十歳になれば、たとえ行方不明になったままでも、退職金は、彼の口座に振り込まれる。今後五年間の年収も同じだ。警視監としての俸給はきちんと払われるのだ。

「H資金とは？」

「もともとあんたの爺さんも絡んでいた、対日心理工作資金だ」

「当時のジャパンロビーが、日本に民間放送局を作らせようとしたあれ？」

明けやらぬ暗い海に白い波が立っていた。

「そのとおりだ。アメリカの力で東日テレビを創設して、日本中に出来る地方局をひとつのネットワークにしようという計画だった。米国製のマイクロ波と通信システムを購入させて、日本中にマイクロ波の電波塔を立てようとした計画」

「でも、それは出来なかった。米国資金ではなく、日本の電力会社とＮＨＫ、民間放送局が一体になってオールジャパンでやることになった」

路子も羽田の加藤の家にあった書物から学んでいた。

「まぁそんなところだが、テレビシステム自体は、日本はアメリカと同じものを採用した。NTSCシステムだ。アジアでは日本とフィリピンぐらいだ。ヨーロッパではパルとセッカムが主流だ。ロシアや中国もね」

「それにどんな意味が？」

「テレビ放送開始時期、日本の電機メーカーはすべてアメリカメーカーに特許料を支払わなくてはならなくなった」

「他国よりはマシかと」

路子は思うところを言った。

「それも同感だ。以後、アメリカはロシアと中国から日本を守るために、東日テレビをはじめとする日本のテレビ局に、アメリカ製のドラマやアメリカンスタイルのバラエティー番組を放送するように仕向けた。文化による植民地化さ。現在七十歳以上の日本人は、幼少期、外国と言えば、ほとんどアメリカを連想したはずだ。それは明治維新後の欧化政策以上のものだった」

「平尾親子の父親がその代理人になったわけね」

「おまえの爺さんの斡旋(あっせん)でな」

「私には関係のないことよ。平尾正一郎と祖父が一緒に写っていたあの写真は何を意味するの？」

そういった小道具をうまく富沢に回して、路子に金田を動かさせたのもこの垂石だ。

「ビートルズ来日を裏で仕掛けたのも、あのふたりだと言われている。もちろん直接動いた形跡は残してないがね。東京オリンピックと大阪万博の間に何か国家的なイベントが必要だった。アメリカはベトナムに深入りし始め、日本でも学生運動の兆しが表れ始めた時期だ。国民の眼を娯楽に向ける必要があった。それがビートルズの来日さ」

船が大きく揺れた。

垂石がデッキに横転する。

路子は助けなかった。

「父親のほうの平尾正一郎は、もともと日本の興行界にアメリカの工作資金をバラまいていたんだよ。米軍キャンプを回っていたミュージシャンたちに、芸能プロ、音楽出版社、それに呼び屋に進むことを奨励するために闇ドルなんかを融通していた。ＣＩＡから出た金さ。そこからＨ資金は始まったんだ。もともとは、東日テレビ設立のために用意された。一九五二年前後の金額で一千万ドルだ」

厳密にはＣＩＡが仲介して、ジャパンロビーに名を連ねる企業が捻出したはずだ。例えば通信設備会社、テレビ製造メーカーや対日貿易の拡大で利益を得る、航空会社や貿易会社などだ。日本を産業植民地にするためだ。そのための印象操作への工作資金であったろう。

　だが、路子は首を傾げた。

「アメリカの公文書によれば、東日テレビに対する借款の検討はあったけれど取りやめになったとなっているけれど」

　実際にそう書かれている。工作自体は認めているが、実際に資金的提供はなかった、と。

「黒須、甘めぇな。公文書とは、言葉の通り公開情報だ。たとえ一定期間、保秘扱いになっていても、そいつはあくまで、公式な報告書だ。必ずしも真実が書かれているとは限らない」

　垂石がデッキに手を突き身体を起こしながら、薄笑いをうかべた。『おまえはその程度のことも理解出来ないのか』という笑いだ。

「機密解除された公文書が偽物とは」

　だったら、その時代の真実を知る術はないではないか。

「五十年、百年先の世論を攪乱しようとするのも情報機関の手法だ。一千万ドルは黒須次郎が秘密裡に受け取っている。黒須次郎は、日本における親米感情を醸成するための請け負い人だった。警察庁における歴代公安トップの引継ぎ事項だ。その金が政界にも流れている」

路子は息を呑んだ。

六十八年前は一ドルは三六〇円の固定レート。三十六億円ではないか。現在に置き換えたら、どれぐらいになるのか、想像もつかない額だ。

垂石は、路子が所轄にいた頃から、目をつけていたのではないか。

「祖父がその金を平尾正一郎へ流したと？」

「その通りだ。少なくとも二百万ドルは渡っている。黒須さんは、平尾が興行界の陳情を受けていることに目をつけたんだ。海外アーティストの招聘に力を入れるようにとね。平尾は、その金でもちろん、日本の興行界の後見人になったが、同時に民自党内でも、有力な資金調達屋となった。平尾は頭がよかったのさ。自らが派閥領袖となることなく、常に主流派の裏方として動いていた。総裁選や、主流派派閥の議員の選挙資金を融通していたんだ。代わりに、自らの通したい法案や陳情を実現させる。資金はいまでも、平尾の息のかかった芸能事務所の金庫に眠っている。巨額の税金を納めているので国税庁すら、手を出していない芸能事務所さ。あそこの金庫の中でH資金はいまだに生きている」

そんな芸能事務所は、日本にひとつしか存在しない。ジャッキー事務所だ。国民的アイドルを数々と生み出している事務所だ。

「まさか」

「まさかじゃない。一九五二年に警視庁警備二部に公安課が復帰して以来、ＣＩＡの動きは追っているんだ。平尾正一郎は戦後まもなくから米軍キャンプへバンドマンの口入れに関わっていたエリー坂本と懇意にしていた」

意外なところと結びついてきた。垂石が続けた。

「エリー坂本が創立したジャッキー事務所は、六〇年代に入ると自前の男性コーラスグループをデビューさせる。『東京マンハッタンズ』だ。おまえさんの年齢じゃ、わからないだろうが、ブロードウエイのミュージカルをそっくり日本に持ち込んだような連中だ。のちに彼らはアメリカでもデビューしている。奇妙な符合だと思わんかね」

印象工作の一環と見立てるべきだろう。

本当だとすれば平尾正一郎はとんでもないところに金を隠したことになる。木は林に隠れ、林は森に隠れる。巨額の隠匿金も、さらに大きな金の流れる場所では目立たない。

「息子の平尾啓次郎が、Ｈ資金をその状態のまま受け継ぎ、民自党へ協力し続けてきたということでいいのかしら」

「そういうことになる。その金が昨年の参議院選に流れた。渡邊幹事長がいくら民自党の金庫から出したと言っても、辻褄は合わんよ。事務方の職員たちが、そんな金は出ていないということを知っているんだ。平尾が揺らぎ始めたのも無理はない。最大の誤算は、広田夫妻が、あれほどあからさまに現金をバラまくとは思っていなかった。我々もな」

垂石は立ち上がった。わずかに空が白んできた。もうさほど時間はない。

「金田潤造と平尾啓次郎との関係は？」

何故ふたり揃って殺されたのかが最大の疑問だ。

「平尾啓次郎は父親と同じことを考えた。インターネットの普及に伴うＩＴ起業家への投資だ。それにＨ資金を活用した。投資した連中がどんどん上場を果たし成功し、資金はさらに膨れ上がった。だが、膨れると同時に、問題事がいくつも持ち上がった」

「金を持ったＩＴ起業家と半グレが群がったのね」

ＩＴビジネスと半グレを結び付けたのは言うまでもなくアダルトコンテンツだ。極道が街の表舞台から姿を消した二〇〇〇年代初頭のことだ。

「逆にＩＴ起業家たちも半グレを利用した。豊富な資金で、半グレというボディーガードを雇ったと言ってもいい。奴らは、六本木や西麻布のクラブや会員制バーを舞台に、芸能人や政財界のバカ息子たちと毎晩、パーティをすることになる。必然的にドラッグ絡み、レイプ絡みの事件に政治家の息子や娘も巻き込まれるようになり、半グレはそうした政治家の子女たちを脅すようになる」

殺伐とした冬の海に、その光景が浮かんで見えてくるようであった。

「平尾に頼まれて半グレと政治家の子女の関係を解決したのが金田さんというわけね」

「そういうことだ。金田さんは、極道の側から興行界とは縁があった。父親の正一郎氏の代からH資金の内容も隠し場所も知っていたはずだ。そのうえで息子の啓次郎のこともサポートした。金田さんとしても、H資金の秘密は世間に知られないほうがいいと確信していたはずだ」

「国士の面影が残っている俠客だったわ。公安が小野里隆と斉藤美枝をマインドコントロールしてふたりを消したのね」

「裸一貫から幹事長にまで上り詰めた渡邊裕二は、決して口を割らないだろう。だが、世襲議員の平尾啓次郎は、危ないと官邸は踏んだ。我々公安も同じだ。秘密を知っているという点では金田さんも一緒だ。日本の民放のほとんどが、CIAの影響下にあると暴露されたら、この国は混乱する。すべてを仕掛けたのは俺だ。二課の捜査員にイベンターの脱税捜査中にH資金のヒントとなる帳簿を見つけさせたのも、俺が麻生に命じてでっち上げたものだ」

そこから富沢が路子に、金田を引っ張り出すように動き出すのも見越していたに違いない。

ないわよ」

「とんでもない仕掛けをしたものだわ」

路子は、白み始めた海を見た。木造船が近づいてきていた。

「そこまで国民を舐めるのは、あなたたち官僚の悪い癖よ。国民はバカじゃない。みんなそのぐらい気づいているわよ。混乱も転覆もしないし、民意がいきなり中国に傾くこともないわよ」

官邸と公安がもっとも恐れているのは民意が中国寄りになることだ。

木造船が真横に来た。痩せこけた男たちが手招きしている。

「現状認識の違いだ。国民の多くが大手メディアを信用しなくなったら、情報の拠り所がなくなる。そこにロシアやチャイナがネットでフェイクニュースを流す隙間が生まれるんだ。国民の知性を、俺はバカになんかしていねえよ。だがよ、黒須、付和雷同型の大衆も多いってことを忘れるな。同じことを何度も繰り返し見聞きさせられたら、必ず意識が変わる。アメリカが七十年かかって築いた親米大国のニッポンもあっと言う間に、中国に飲み込まれることになる」

垂石のいつもの江戸弁が戻ってきた。是非は別にして、自分の信念に忠実であることは確かだ。

「国を守るためなら、私も抹殺されちゃうのね」

路子は垂石に銃口を向けた。

「すまないな。そいつは公安の方針とは関係ないことだ」

垂石が口元を歪めた。

「黒須次郎の孫である私もやばいと思ったんでしょう。そもそも、私を警視庁に引き上げたのは、監視下におくつもりだったのね。素敵なオジサマだと思っていたんだけど、最低ね。やっぱり、ここで殺すことにするわ」

路子はS&WM39のトリガーを弾いた。パンと乾いた音がした。

垂石の頬の横を銃弾が飛んでいく。垂石は眉ひとつ動かさなかった。真横に並んだ木造船の船員たちが朝鮮語で喚いた。

「いっそ心臓を射抜いてくれたほうが本望だったんだがな。ハートブレイクだ」

垂石が左の胸を叩いた。

「どういうことよ?」

「惚れたんだよ、黒須にね。嫉妬するほどね」

「はぁ?」

思わぬ告白に、総身がかっと熱くなった。

「お前さん、関東泰明会に入れ込み過ぎだぜ。金田潤造を父親のように慕い、傍見文昭と連れ合いになろうとなんざ、妄想している。金をふんだんに使わせている、こっちの立場はどうなる……おっと、醜いね。これじゃまるで援助交際相手を縛ろうとするオヤジと同じだ。まぁ、公安だろうがＣＩＡだろうが、完全な感情のコントロールなんて出来ないってことさ。悪かったな」

垂石が頬を撫でながらデッキの隅に歩を進めた。路子は、銃口を下ろした。

「これまでの多大な援助に免じて、見逃してあげる。左遷だけど頑張ってね」

路子は、垂石に手を振った。

「まったくピョンヤンで人生を終えるとはな。野暮天（やぼてん）もいいところだ」

垂石は新たな任務を言い渡されていた。

『日朝国交正常化工作』

「成功させて帰国したら、長官以上の出世間違いないわ」

垂石はそれには答えず、渡された板を渡っていった。

一週間後。

路子は再び調布の東活撮影所にいた。

「姐さんこちらに」

傍見に誘導されて、第六スタジオに入る。

「もうひとつ祭壇を作っておきました」

そこには川崎浩一郎の遺影の飾られた祭壇があった。

「本式は、ご家族が行われると思うのですが、あっしらなりに、供養をと思いまして。人には言えない黒須機関ですからね」

「若頭（カシラ）」

路子は思わず目頭を押さえた。

「だから、湿っぽいのはいけないって言ったでしょう」

その傍見の顔もくしゃくしゃになっていた。

「そうね。これからアイドルグループのオンラインライブとやらの現場を見にいくんだけど、若頭、つき合ってくれない？」

「姐さん、気がついてしまったんですね。ジャッキー事務所」

傍見が角刈りの頭を掻いた。

「H資金、ひとり占めにされたらかなわないわ」

路子は、大きく風船ガムを膨らませた。

本作品はフィクションであり、実在の個人・団体などとは一切関係がありません。

一〇〇字書評

切・り・取・り・線

購買動機（新聞、雑誌名を記入するか、あるいは○をつけてください）

□（　　　　　　　　　　　　　　　　）の広告を見て
□（　　　　　　　　　　　　　　　　）の書評を見て
□ 知人のすすめで　　　　　　　□ タイトルに惹かれて
□ カバーが良かったから　　　　□ 内容が面白そうだから
□ 好きな作家だから　　　　　　□ 好きな分野の本だから

・最近、最も感銘を受けた作品名をお書き下さい

・あなたのお好きな作家名をお書き下さい

・その他、ご要望がありましたらお書き下さい

住所	〒				
氏名		職業		年齢	
Eメール	※携帯には配信できません		新刊情報等のメール配信を 希望する・しない		

この本の感想を、編集部までお寄せいただけたらありがたく存じます。今後の企画の参考にさせていただきます。Eメールでも結構です。

いただいた「一〇〇字書評」は、新聞・雑誌等に紹介させていただくことがあります。その場合はお礼として特製図書カードを差し上げます。

前ページの原稿用紙に書評をお書きの上、切り取り、左記までお送り下さい。宛先の住所は不要です。

なお、ご記入いただいたお名前、ご住所等は、書評紹介の事前了解、謝礼のお届けのためだけに利用し、そのほかの目的のために利用することはありません。

〒一〇一-八七〇一
祥伝社文庫編集長　坂口芳和
電話　〇三（三二六五）二〇八〇

祥伝社ホームページの「ブックレビュー」からも、書き込めます。

www.shodensha.co.jp/bookreview

祥伝社文庫

悪女刑事(あくじょデカ) 嫉妬(しっと)の報酬(ほうしゅう)

令和 3 年 2 月 20 日　初版第 1 刷発行

著　者　沢里裕二(さわさとゆうじ)
発行者　辻　浩明
発行所　祥伝社(しょうでんしゃ)
東京都千代田区神田神保町 3-3
〒 101-8701
電話　03（3265）2081（販売部）
電話　03（3265）2080（編集部）
電話　03（3265）3622（業務部）
www.shodensha.co.jp

印刷所　堀内印刷
製本所　ナショナル製本
カバーフォーマットデザイン　芥 陽子

Printed in Japan ©2021, Yuji Sawasato　ISBN978-4-396-34709-3 C0193

祥伝社文庫の好評既刊

沢里裕二　淫爆（いんばく）　FIA諜報員 藤倉克己（ふじくらかつみ）

爆弾テロから東京を守れ！　あの『処女刑事』の著者が贈る、とっても淫らな国際スパイ小説。

沢里裕二　淫奪（いんだつ）　美脚諜報員 喜多川麻衣（きたがわまい）

現ナマ四億を巡る「北」の策謀を阻止せよ。局長の孫娘にして英国諜報部仕込みの喜多川（きたがわ）麻衣（まい）が、美脚で撃退！

沢里裕二　淫謀（いんぼう）　一九六六年のパンティ・スキャンダル

一枚のパンティが領土問題を揺るがす。蠢く大国の強大なスパイ組織に対して、体を張ったセクシー作戦とは？

沢里裕二　六本木警察官能派　ピンクトラップ捜査網

ワルい奴らはハメる！　美人女優を脅迫者から護れ。これが秘密護衛チーム、六本木警察ボディガードの流儀だ！

沢里裕二　悪女刑事（デカ）

押収品ごと警察の輸送車が奪われた！狙った犯人を絶対に逃さない女刑事黒須路子の㊙作戦とは？　極悪警察小説。

沢里裕二　危（あぶ）ない関係　悪女刑事（デカ）

警察を裏から支配する女刑事黒須路子。ロケットランチャーをぶっ放す、神出鬼没の不良外国人を追いつめる！

祥伝社文庫の好評既刊

沢里裕二　**悪女刑事（デカ）　無法捜査**

警察を裏から支配する女刑事黒須路子が、はぐれ者を集め秘密組織を作った。最凶最悪の半グレの野望をぶっ潰す！

沢里裕二　**悪女刑事（デカ）　東京崩壊**

緊急事態宣言下の東京で、キャバクラの爆破や略奪という不穏な事件が頻発。謎の組織の暗躍を摑んだ悪女刑事は……。

草凪　優　**不倫サレ妻慰めて**

今夜だけ、抱いて。不倫、浮気をサレた女との出会いと別れ。悲しみに暮れる表情に湧き上がる衝動。瑞々しい旅情官能。

草凪　優　**ルーズソックスの憂鬱（ゆううつ）**

人生を狂わせた女子高生純菜（じゅんな）が、二十年後、人妻として隣に越してきた。矢崎孝之は復讐を胸に隣家を覗（のぞ）くと……。

草凪　優　**悪の血**

宝物である悪友の妹・潮音（しおね）をレイプされた——ドラッグの売人で社会の底辺で生きる和翔（かずと）は復讐を決意する。

安東能明　**限界捜査**

人の砂漠と化した巨大団地で消息を絶った少女。赤羽中央署生活安全課の疋田（ひきた）務（つとむ）は懸命な捜査を続けるが……。

祥伝社文庫の好評既刊

安達　瑶　**闇の狙撃手**　悪漢刑事

汚職と失踪——市長は捕まり、若い女性は消える街、眞神市。乗り込んだ佐脇も標的にされ、絶体絶命の危機に！

安達　瑶　**強欲**　新・悪漢刑事

最低最悪の刑事・佐脇が帰ってきた！　だが古巣の鳴海署は美人署長の下、人心一新、すべてが変わっていた……。

安達　瑶　**洋上の饗宴（上）**　新・悪漢刑事

休暇を得た佐脇は、豪華客船に招待される。浮かれる佐脇だったが、やはりこの男の行くところ、波瀾あり！

安達　瑶　**洋上の饗宴（下）**　新・悪漢刑事

騒然とする豪華客船。洋上の孤島と化した船上での捜査は難航。佐脇は謎のテロリストたちと対峙するが……。

安達　瑶　**悪漢刑事の遺言**

地元企業の重役が、危険運転の末に瀕死の重傷を負った。その裏に〝忖度〟と金の匂いを嗅ぎつけた佐脇は——？

安達　瑶　**密薬**　新・悪漢刑事

警察に性被害を訴えていた女子大生が水死体で見つかった。彼女が勤しんでいた高収入アルバイトの謎とは？